밤의 노래

A POEM & LYRICS AT NIGHT

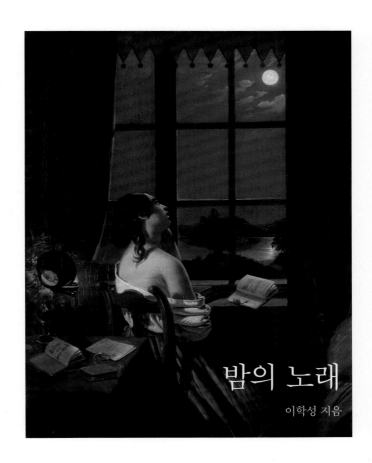

밤의 노래

이학성 지음

도서출판 b

밤의 숲은 검다. 들어갈수록 깊고 어둡다. 단 몇 걸음 앞의 시야를 허락하지 않는다. 입구를 지키는 문지기의 얼굴조차 칠흑처럼 시커멓다. 단단히 침묵을 언약하지 않고서는 그에게 출입허가를 얻기 어렵다. 겸손히 그의 발아래 몸을 낮추고, 어떤 생명도 깨우지 않겠노라고 속삭여야만 그가 숲의 문을 열어준다. 그것 외엔 밤의 숲을 지나가는 데 필요한 것은 없다. 숨죽인 바람처럼 조심스럽게 나아가면 되는 것이다. 언젠가 아주 오래전, 그 밤의 숲을 들락거리곤 했다. 밤낮없이 걷지 않고는 차마 견딜 수 없던 시절이었다. 잃어버린 한 줄 문장을 찾기 위해서였을까. 통제되지 않는 어떤 힘이 밤의 숲으로 이끌었을까. 까마득히 시간이 흘렀으나 그 힘이 무언지 여전히 알 수 없다. 걷고 또 걸으며 검은 정적을 헤치던 시절, 무엇을 깨닫고 뉘우쳤을까. 이 책은 그 시절 새겨둔 몇몇 기억의 일부에 가깝다. 하지만 오랜 시간이 흘러간 탓에 그것 모두가 온전하게 복원되었는가는 나로서도 의구심이 가득하다. 그렇기에 애석하기는 해도 지금 와 밤의 숲을 떠올리는 것만으로도 다시 고요해지는 것이다. 잃지 말아야 할 것을 다시 잃어서는 안 되리라 다짐하는 것이다. 그때 찾아 헤맸던 저 한 줄의 문장이 무엇이었으며, 홀연 어디로 행방을 감춘 것인지 알지 못하는 일이었다 해도.

2019년 초겨울, 이학성

차례

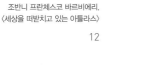

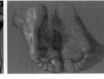

걸음으로써 그는 자신의 생을 완성해 갔다

1　무거운 짐

누군가는 그것을 떠맡아야 했다. 어깨뼈가 으스러질지언정 무거운 그것을 짊어지고 있어야 했다. 신의 경고는 엄중했다. 만일 그것을 내려놓는다면, 하늘의 기둥이 무너져 세상이 끝장나게 되리라고. 신의 명령을 거역하기엔 그는 초라한 개인에 불과했다. 무지막지한 신의 횡포를 막아서기엔 너무도 미약한 존재로 태어났다. 그래서 심각하게 두 다리가 후들거렸지만 그는 버텼다. 다행히 하늘은 깨지지 않았고, 누구도 화를 면할 수 있었으며, 비로소 신도 안도할 수 있었다. 그에게 물 한 모금이 얼마나 절실했으랴. 시시각각 땀이 홍수를 이루고 맹수처럼 허기가 달려들었지만 그는 어깨의 짐을 내려놓지 않았다. 신의 엄포가 두려워서가 아니라 자신과의 싸움에서 지고 싶지 않은 때문이었다. 그렇게 천년의 시간이 흐르자 전신의 신경이 무감각해졌다. 또다시 천년이 지나가자 그것과 한 몸이 될 수 있었다. 헛되이 겁의 시간이 줄지어 흘러갔지만 신은 그를 사면하지 않았다. 그것을 내려놓아도 된다고 끝내 허락하지 않았다. 마침내 그는 영예를 자신에게 돌릴 수 있었다. 이제 와 그것은 누구도 대신 짊어질 수 없는 그의 몫이 되었다. 쥐꼬리만 한 보상도 대가도 그와는 전혀 무관한 일. 그를 벌한 신이 누구인가는 이미 희미하게 잊혀졌다. 그렇지만 그의 이름은 굳은 바위처럼 각인되었다.

♠〈세상을 떠받치고 있는 아틀라스(*Atlas Holding up the Celestial Globe*)〉,
이탈리아 화가 조반니 프란체스코 바르비에리(Giovanni Francesco Barbieri, 1591-1666).

2   저녁의 신

알맞은 어느 저녁 당신께서 찾아오셨다. 손때 묻은 지팡이를 문가에 세우더니 나직이 저녁 한 끼를 청하셨다. 어디서 그런 겸손한 음성을 듣겠는가. 갑작스런 당신의 현현(顯現)에 식구들 모두가 크게 놀랐다. 그럼에도 아비가 침착히 나서 당신을 식탁으로 안내했다. 때마침 부엌의 화덕에서는 스튜 냄비가 끓어오르고 있었다. 당신께서 앉자마자 실내를 밝히는 어둑한 등불이 타오르기 시작했다. 당신은 불빛이 어룽거리는 식구들의 얼굴을 일일이 바라보고는 제일 수줍어하는 막내아이를 가리키며 그의 이름과 나이를 물으셨다. 그러곤 붉게 달아오른 아이의 뺨을 어르며 가정의 화목과 건강을 가득 축원하셨다. 허름한 식탁 위에 놓인 음식들은 기름지지 않아도 정갈했으며, 질그릇 부딪는 소리가 이따금씩 창밖을 떠도는 바람 소리와 어울렸다. 어느덧 식사가 끝나갈 즈음 아비가 무거운 입을 열어 어디로 가시나이까, 하며 당신의 행로를 물었다. 당신께서는 갈릴리 호수 너머의 나사렛으로 향하는 길이라고 하셨다. 그러나 우리 마을에서 그곳까지는 얼마나 먼가. 더군다나 컴컴하게 밤이 깊어가고 있지 않은가. 그렇지만 당신께서는 우리의 만류를 뿌리치셨다. 이윽고 숙연한 저녁기도를 마치고는 지팡이를 찾아 짚으셨다. 당신의 그윽한 눈동자 속에 애타게 그곳에서 기다리고 있는 이들이 내비쳤다. 갈망하는 저들의 눈빛을 쉽사리 내치실 당신이 아니었다. 아쉽게도 당신과의 만남은 부쩍 짧아진 늦가을의 저녁처럼 그리 길지 않은 시간이었으며, 언제가 될지 훗날의 재회를 기약하기도 어려웠다. 컴컴한 바깥으로 향하는 당신께서는 아무것도 신지 않은 차가운 맨발이었다.

♠⟨식탁 기도(*The Mealtime Prayer*)⟩, 독일 화가 프리츠 폰 우데(Fritz von Uhde, 1848-1911).

3   농부

버려진 땅이었다. 아무도 돌보는 이 없는 황량한 불모지였다. 적어도 그의 손이 닿기 전까지는 그랬다. 그러나 그는 땅의 힘을 믿고 따르는 자. 우직한 신봉자답게 굵은 땀방울을 아끼지 않는 자. 그래서 거친 잡목들을 무수히 베어 눕혔다. 어지럽게 뒹구는 자갈돌을 고르고 걷어냈다. 멀쩡했던 손바닥이 쓰라리고 갈라지며 온통 부르텄다. 그렇지만 갈아엎은 고랑에 아낌없이 거름을 쏟았다. 그것이 척박했던 땅을 살렸다. 어떤 생명이든 거기 머무를 수 있게 했다. 뿌린 만큼만 거둘 것이다. 주는 만큼만 돌려받아도 대단히 흡족하리라. 골고루 흩뿌려진 그의 밀알. 이제 기름진 땅이 받아 알알이 희망을 싹틔워 내리라. 줄기들이 휘청거리도록 주렁주렁 금빛이삭을 매달아 놓으리라. 정직한 땅의 역사, 대지의 서사가 비로소 그때 완결되는 것. 저 언덕이 푸르러질 날이 언제인가. 그때가 멀지 않았다. 종다리와 지빠귀들이 날아와 줄기차게 지저귀는 그날, 풍요로운 수확의 기쁨을 기꺼이 저들과 함께 나누게 되리라. 그래서 허공을 가르는 그의 손길이 힘차다. 대지를 박차고 솟아오를 듯 발걸음이 가뿐하다. 언제든 땅의 부름에 제일 먼저 응하는 이. 땅에서 나고 땅에서 자랐으며 최후가 닥쳐야 다시 그곳으로 돌아갈 사람. 대지를 지키리라 다짐한 그의 신념이 어찌 허물어지며, 그가 땀 흘려 쓰는 땅의 서사를 누가 함부로 짓뭉갤 수 있으랴.

♠〈씨 뿌리는 사람(*The Sower*)〉,
프랑스 화가 장 프랑수아 밀레(Jean François Millet, 1814-1875).

4   드미트리비치

우리 마을에서 그를 모르는 사람은 없다. 그를 모른대서야 마을의 비좁은 포구에 배를 대지 못한다. 능숙하게 선미의 밧줄을 잡아당겨 시도 때도 없이 북적거리는 부둣가에 배를 나란히 접안하는 그의 솜씨는 거의 신기에 가깝다. 마을의 누구라도 그만큼 우수한 기술을 지닌 이가 없으며, 그러기에 들고나는 수많은 배들이 그의 도움을 필요로 한다. 예부터 우리 마을은 목재의 산지로 유명하다. 그것이 마을의 주요 수입원이며, 하루에도 수십 척의 배들이 산더미 같은 그것을 타지로 실어 나른다. 한 번의 출항에 더 많은 목재를 싣기 위해서도 그가 필요하다. 누구보다도 가뿐하게 그는 차곡차곡 목재를 쌓고 목적지에 다다를 때까지 풀어지는 일이 없도록 단단히 밧줄을 쟁인다. 여러 가닥의 줄을 매듭짓거나 묶어야 하며, 끌어당기거나 푸는 일이 그의 직업이며 생계다. 딱딱한 바윗돌처럼 손바닥이 굳도록 그 일을 하며 그는 다섯 아이들을 키웠다. 멀리 공부하러 나간 아이들이 틈틈이 소식을 보내온다. 하역을 마친 뱃전에 올라 복판 돛대에 비스듬히 등을 기대고 그 편지를 읽는 일이 그의 유일한 낙이다. 어느 누구라도 어지간해서는 그의 여가를 방해하려 들지 않지만, 이봐 드미트리비치, 바쁘지 않다면 내 뱃짐을 곧바로 끌러 주게! 하고 누군가가 소리치기 전까지 그는 가장 즐거운 얼굴로 아이들의 편지를 읽고 또 읽는다. 우리 마을은 온화하고 활기차며 점점 더 발전하고 있다. 나날이 발돋움하고 있는 마을의 역사가 그의 역사이기도 하다. 우리 마을은 그를 필요로 한다. 그가 우리 마을에서 사라지는 일은 있을 수 없다. 묵묵히 그 일을 대신할 수 있는 이가 아직까지 없기 때문이다.

♠〈일하는 사람(*The Worker*)〉,
러시아 화가 쿠즈마 세르게예비치 테트로프 보드킨(Kuzma Sergeevich Petrov-Vodkin, 1878-1939).

5   게으른 생

당신에게 게으름뱅이 철부지 딸이 있다. 애석하게도 이태 전 결혼에 실패하고 집으로 돌아와 무작정 술에 찌들어 살고 있다. 당신의 속은 부글부글 끓고 있다. 당신의 일상이 그만큼 고달파졌다. 부쩍 빨랫감이 늘고 설거지가 불어났다. 빈둥거리는 딸아이가 밉고 야속해도 달리 어쩔 도리가 없다. 손발이 저리고 어깨가 들쑤시지만 딸아이는 침대 속을 뒹굴며 손가락 하나 까딱거리지 않는다. 종일 화장을 뜯어고치거나 수화기를 붙들고 훌쩍거리기에 여념이 없다. 가뜩이나 가게일과 가사일로 분주한 당신의 일과가 딸애의 뒤치다꺼리로 여간 힘든 게 아니다. 하루에도 수십 번씩 당신은 울화통이 치밀어 오른다. 눈물로 퉁퉁 분 딸애의 뾰로통한 얼굴을 어디서도 마주치기가 싫다. 참다못해 당신은 퇴치할 수단을 찾고 있다. 어떻게든 쫓아낼 방법을 모색하고 있지만 당신이 그러는 줄을 딸애는 까마득히 모른다. 어쩌다가 이런 처량한 신세가 됐을까. 이대로라면 제 명대로 살지 못하리라고 당신은 자꾸 중얼거린다. 그러다가도 생각해 보면 딸애의 처지가 측은해진다. 남겨진 딸애의 인생이 참으로 길다. 한때 딸애는 당신 삶의 전부였다. 당신에게 있어 유일한 자랑거리였다. 그런 기쁨이 당신을 살아오게 했다. 살얼음처럼 차갑게 얼어붙던 마음을 당신은 고쳐먹는다. 그만큼 딸애는 사랑스럽고 너무나도 소중하다. 그 애를 위해서라면 당신 삶은 산산이 부서질 각오가 돼 있다. 그래서 당신의 눈시울은 붉게 젖는다. 가게로 나가기 전 허둥거리며 밥상을 차린다. 그러곤 휘둘러 쓴 메모를 그 위에 살포시 얹는다. 사랑하는 나의 딸 루시아, 혼자서라도 절대 밥은 거르지 말아야 해!

♠〈게으름(*Laziness*)〉, 스페인 화가 라몬 카사스 이 카르보(Ramon Casas y Carbo, 1866-1932).

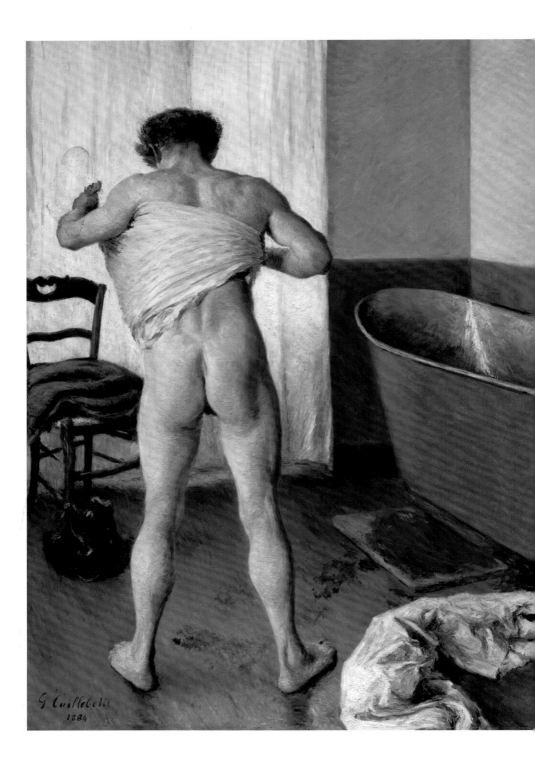

6   물의 남자

그는 물의 세례를 즐긴다. 흠뻑 물줄기를 뒤집어쓰며 물의 정화에 자신을 맡긴다. 온몸 구석구석 때와 먼지를 씻어내는 시간, 힘들고 고되었으나 오늘 하루는 얼마나 훌륭했는가. 그렇게 일과를 결산하며 그는 흡족한 기운에 젖는다. 그러면서 그 기쁨을 음미하듯 살갗 곳곳에 비누거품을 문지른다. 온종일 땀과 열기로 힘든 일을 견뎌낸 자신의 육체가 자랑스럽다. 그것이 하루 중 그가 마주하는 가장 유쾌한 시간. 흥겨워져서 그는 가느다란 콧노래를 낸다. 조금씩 박자가 어긋나긴 해도 라흐마니노프 피아노협주곡 2번 1악장의 첫 소절. 마음속에선 이미 먼 곳에 떨어진 식솔들에게 부칠 편지의 첫 줄이 씌어진다. 사랑하는 나의 딸 앤, 댄, 그리고 아내 마리안, 함께 하지 못했어도 오늘 하루는 소중하며 유익했다네. 하지만 물에 젖은 손으로 펜과 종이를 쥘 수 없다. 그래서 그리움의 온기가 가득 담긴 그 구절들은 마음속의 백지에 새겨진다. 써내려 갈수록 그는 자신이 식구들을 열렬히 사랑하고 있음을 실감한다. 서둘러 그런 생각들이 달아나기 전에 행구어내듯 양동이의 물을 조심스레 쏟아 붓는다. 진기한 향유나 몰약 따위 필요치 않아도 그의 목욕은 매끈하며 향기롭다. 그렇기에 새사람이 되어 훌훌 날아갈 듯 가벼워진다. 그것은 땀 흘린 자만이 얻을 수 있는 개운한 보상. 여전히 그의 콧노래 가락은 새어나오고 있으며, 어느 샌가 마음속의 편지는 마지막 인사까지 완성되었다. 이제 포근한 안식이 다가와 한결 정갈해진 그를 저녁의 탁자 앞으로 인도하리라.

♠〈목욕하는 사내(*Man at His Bath*)〉,
프랑스 화가 구스타브 카유보트(Gustave Caillebotte, 1848-1894).

7 직녀

당신에게 기다림은 천형(天刑)이다. 누구도 그것을 대신할 수 없으며 당신 스스로 감내해야 한다. 그래서 당신은 씨줄과 날줄의 두 가닥을 종일 만지작거린다. 그것으로 낮과 밤을 교직(交織)하며 사랑의 기쁨과 애달픔을 새겨야 한다. 그러는 당신의 손길은 더없이 조심스럽고 세심하다. 저마다의 색실 가운데 어느 것도 끊어지거나 뒤엉켜서는 안 된다. 오래전의 어떤 이야기를 당신은 똑똑히 기억하고 있다. 험난한 바닷길을 넘고 또 넘어, 고향마을 이타카로 오디세우스가 돌아올 수 있었던 것은 긴 세월 베틀 앞을 떠나지 않은 페넬로페의 간절한 기다림 때문임을. 그래서 오로지 당신은 수틀에 전념한다. 그것이 위안이자 고통을 지우는 몰입이다. 그렇게 지난 계절의 화사한 수련들은 한 폭의 천으로 매듭지었고, 이제 곧 가을의 낙엽들이 전설처럼 화폭에 수놓아지리라. 이따금 당신은 고개를 들어 창밖을 가늠해 본다. 그럴 때마다 당신은 느끼며 이미 예감하고 있다. 저 멀리서 그가 돌아오고 있다. 잡힐 듯 말 듯 낯익은 그의 걸음소리가 점점 더 귀에 가깝다. 그는 몹시 지쳤고 의복은 거의 낡고 해졌으나 다감한 얼굴만은 떠날 때의 그대로다. 밤낮을 가리지 않고 그는 부지런히 걷고 또 걷고 있다. 그가 그토록 걸음을 재촉해 당신에게 향하고 있는 것도 거역할 수 없는 천형이다. 힘주어 말하지 않아도 당신이 창가를 지키며 수를 놓는 광경을 그가 내처 떠올리고 있었음은 당연하다.

♠〈마리아나(*Mariana*)〉, 영국 화가 존 에버렛 밀레이(John Everett Millais, 1829-1896).

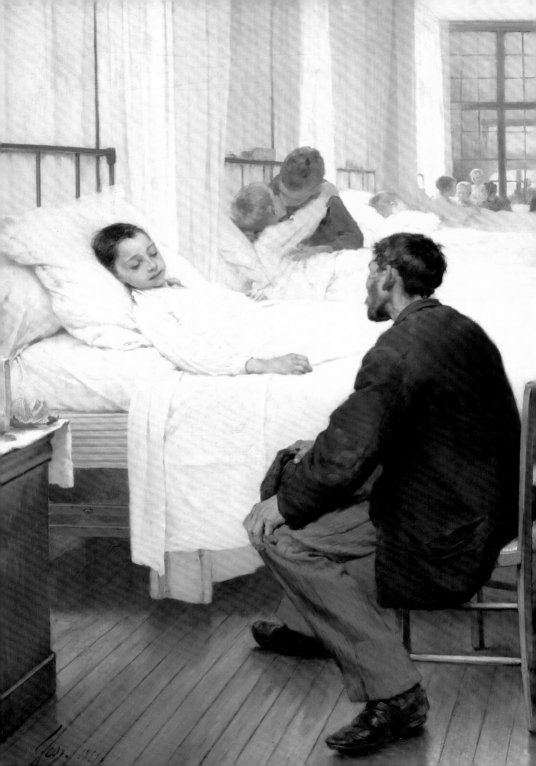

8 아픈 아이

병마에게 질 수 없다. 얼마든지 그와 맞서 이길 수 있다. 단단히 맘먹기에 달렸다. 그것이 아이를 낫게 할 것이다. 모두가 아이의 조속한 쾌유를 빈다. 아이도 그런 것쯤은 잘 알고 있다. 훌륭한 의사들이 병원을 지키고 있는 것도 다 그 때문이다. 그분들 말씀과 지시를 잘 따르거라. 넌 명석한 아이니까. 그러리라고 아이는 대답하고 싶다. 내일은 일어나 씩씩하게 걸으리라고 아비를 안심시키고 싶다. 빠르게 상황이 호전되고 있으며 몇 번인가 고비를 넘기는 동안 아비가 얼마나 속을 태웠는지 아이는 잘 안다. 그러느라 아비는 더 초췌해졌다. 하지만 아이는 움직일 수 없다. 혼곤한 잠이 붙들고 있어 입을 열기가 곤란하다. 독한 약기운이 아이의 몸과 의식을 꽁꽁 묶고 있다. 대신해서 아파 줄 수 없기에 아비는 안쓰럽고 안타깝다. 당장이라도 아이를 데려가고 싶지만 그럴 수 없다. 치료가 끝날 때까지 아이는 누워 있어야 한다. 새 일자리를 찾아다녀야 하기에 아비는 자주 병실에 들리지 못한다. 누구보다도 아이를 끔찍이 사랑하지만 어미는 올 수 없는 먼 곳에 있다. 그래서 아이 혼자 병실을 지킬 때가 많다. 지독한 병마와 싸우면서도 아이는 크고 있다. 학교가 그를 기다린다. 빨리 교실로 돌아가 즐겁게 재잘대며 공부하고 싶다. 그렇기에 아이는 눈을 뜨려고 한다. 아니, 그보다도 면회시간이 다 돼가고 있다. 아비가 일어서기 전에 번번이 미안해하는 아비를 꼭 한 번 끌어안아 주고 싶다. 그러나 아이의 얼굴은 창백하다. 기운이 부쳐 제대로 눈을 뜨지 못한다. 그러기에는 벌어진 커튼 사이로 쏟아져 들어오는 병실의 햇살이 희고 눈부시다.

♠⟨면회일(*Visit day at the Hospital*)⟩,
프랑스 화가 앙리 쥘 장 제오프루아(Henri Jules Jean Geoffroy, 1853–1924).

9   하수(下手)

함부로 주먹을 쓰는 건 하수다. 불끈 그것을 움켜쥐는 건 쩨쩨하고 비열하고 어리석으며, 아무리 우발적이라도 그것을 날리는 건 그릇된 행동이다. 그래도 주먹이 운다면 진정한 사내가 아니며, 장차 큰일을 하지 못한다. 누차 그렇게 아비는 강조했지만 이 순간 그 다짐을 거역하지 않을 수 없다. 결코 아비는 파시스트의 앞잡이가 아니다. 그들의 개로써 레지스탕스의 비밀아지트를 밀고하거나 급습한 적이 없다. 비록 보잘것없는 빗자루 하나로 온 거리를 쓸고 다녔어도 그것으로 사회에 기여했으며 가족에게 헌신했다. 네가 참담하게 코피를 쏟아야 하는 첫째 이유가 그것이다. 껄렁껄렁한 네 삼촌의 어깨에 쌍독수리 형상을 새긴 특무경찰대원의 견장이 걸려 있는 게 둘째 이유며, 그 작자가 등교하는 내 누이의 두 갈래 땋은 머리를 전차 안에서 함부로 건드린 게 셋째 이유다. 그래서 난 이 순간 기꺼이 하수가 되었다. 이를 악물고 자신 있게 선방을 날렸으나 분하게도 네 코뼈를 부러뜨리지 못하고 기운이 부쳐 바닥에 깔리고 말았다. 자신 있다면 어서 그 주먹을 날려 봐라! 힘으로 윽박지른다고 추악한 허물이 모두 덮어지리라고 생각하느냐. 게임마다 번번이 속임수를 쓰려 하는 네 기만적인 행동이 날 분노케 한 넷째 이유였으니, 그렇지 못하다면 격하게 울고 있는 이 주먹이 네 면상을 가만 놔두지 않을 것이다.

♠〈격렬한 두 소년(*Two Raging Boys*)〉,
이탈리아 화가 지울리오 델 토레(Giulio del Torre, 1856-1932).

10 　유혹

예기치 않게 그가 방문하곤 한다. 문턱에 걸터앉자마자 그는 떠벌리기를 좋아한다. 맹랑하긴 해도 엎지른 꿀단지처럼 그의 허언(虛言)은 달콤하다. 놀랍도록 부드러운 혓바닥과 썩 듣기 좋은 목소리를 그는 지녔다. 주저 없이 비밀스런 이야기를 털어놓기 시작하는 그 눈동자는 얼마나 그윽한가. 우물처럼 깊은 그 속에서 미처 숨기지 못한 그의 간교한 성품을 읽을 수 있다. 그럼에도 멱살을 움켜쥐는 손아귀의 힘은 얼마나 센가. 그것에 붙들리면 일단 놓여나기가 힘들다. 분간하기 어렵도록 그는 매번 모습을 바꾸고 나타난다. 셀 수 없는 무진장한 것들이 그에게는 있다. 무엇이든 소유하지 못한 것들을 그가 다 지니고 있기에 아쉬울 때가 많다. 악마들이 부지런히 암약하는 이유를 그것에서 찾을 수 있겠다. 며칠 전에도 아무런 예고 없이 그가 찾아왔다. 끔찍이 아끼는 내 탁자 위에 털퍼덕 주저앉아 그는 자신을 미화하는 몇 줄의 글을 써달라고 요구했다. 단지 그뿐이었지만 난 딱 잘라 거절하지 못했다. 일언지하에 묵살할 수 없었던 건 언젠가 내가 저지른 불의를 아직도 기억하고 있다며 그가 협박하듯 소곤거렸기 때문이다. 펜을 꺾어 저 멀리 내동댕이치지 못했으니, 전적으로 이 글이 씌어진 까닭이 그래서다. 그렇다고 그와 수시로 거래를 일삼는 것은 아니다. 호락호락하게 물러설 정도로 내가 어리숙하거나 물렁한 것도 아니다. 하지만 언제 다시 그가 새끼손가락을 걸자며 찾아올지 모를 일, 그것을 예측하기도 방비하기도 무척이나 힘겹다. 그러니 불길하게도 놓지 않고 펜을 쥐고 있는 한 그의 시험은 악착같이 거듭되리라.

♠〈메피스토펠레스(*Mephistopheles*)〉, 프랑스 화가 오딜롱 르동(Odilon Redon, 1840-1916).

11 나무와 쇠

언제부턴가 나무는 알고 있었다. 연장을 든 건장한 사내가 성큼성큼 자신에게 다가오는 것을. 그래서 나무는 지그시 눈을 감았다. 그러곤 가만히 움켜쥐고 있었던 흙들을 바닥에 내려놓았다. 마침내 덤불을 헤치고 사내가 나타났을 때, 나무는 허리를 곧게 폈다. 사내의 노동이 헛수고가 되지 않도록 반듯한 허리로 사내가 휘두르는 도끼를 받았다. 나무의 허리는 무르고 부드러웠다. 사내의 어깨는 딱딱하고 억셌다. 하지만 딱 한 번 나무는 저항했다. 단단히 이를 악물고 벌목꾼의 도끼를 놓아주지 않았다. 그렇지만 벌어진 상처에서 하얀 피가 흘렀다. 막으려 해도 흐르기 시작한 핏물은 그치지 않았다. 콸콸 쏟아져 나오는 끈적한 액체가 자신의 발목을 적시는 것을 나무는 안타깝게 지켜보았다. 그것 말고는 달리 무엇을 할 수 있겠는가. 태생적으로 분노와 적의는 그가 소유하지 못한 것. 드디어 쿵 하고 그가 쓰러졌을 때, 거친 숨을 거푸 몰아쉬던 사내는 연장을 거두고 이마의 땀을 닦았다. 그렇게 한 그루가 스러지도록 우리는 무엇을 했는가. 저들이 숲을 이루며 무수한 생명을 품고 어르는 동안, 우리는 벼리고 벼린 끝에 뾰족하고 날카로운 쇠붙이를 만들어냈다.

♠⟨벌목꾼(*Woodcutter*)⟩, 스위스 화가 페르디낭 호들러(Ferdinand Hodler, 1853-1918).

WILD LIFE

THE NATIONAL PARKS PRESERVE ALL LIFE

DEPARTMENT OF THE INTERIOR NATIONAL PARK SERVICE

12   뿔이 돋기 전

추적자를 따돌리느라 무진 애를 먹었으리라. 젖 먹던 힘을 다해 이리저리
방향을 틀며 덤불숲을 내달렸으리라. 쓰러질 듯 기진맥진해져서야 그는
겨우 사지에서 벗어났다. 꿀맛처럼 다디단 옹달샘에 목을 축이며 비로소
안심할 수 있었다. 이럴 때 빳빳하고 날카로운 뿔이 이마 위에 필요했으나
그러려면 더 자라야 했고, 완벽한 사냥꾼으로서의 자격을 습득하기 위해
서는 몇 달을 더 바람처럼 울울창창한 숲길을 방황해야 했다. 그는 이곳에
서 태어나고 이곳에서 자랐으며 앞으로도 이곳을 떠나지 못한다. 그래서
오늘의 위기와 탈주는 자신의 앞날에 새겨두어야 할 값진 교훈이 되리라.
두리번거리며 천천히 주변을 살폈으나 아무 일도 없었다는 듯 새소리는
아름답도록 평화로웠으며 줄지어선 아름드리나무들은 고요하고 적막하며
빽빽했다. 이젠 잃어버린 아비어미와 형제들을 찾아 나서야 할 시간, 그는
뿔뿔이 흩어진 식구들의 냄새를 좇아 코를 벌름거렸다. 그러곤 겁에 질려
있는 자신의 영혼을 토닥거리며 용기를 불어넣기 시작했다. 그렇기에 지
칠 줄 모르고 솟아오르는 옹달샘에 겹겹의 파문을 그리며 몇 모금의 생명
수를 혓바닥 깊숙이 적셔두었다.

♠〈와일드 라이프(*Wild Life*)〉, 1940년경 미국국립공원의 안내 포스터, 그림 작자 미상.

13   목격자

긴 세월 그는 수배중이다. 교묘하게 법망을 따돌리며 이리저리 도망 다니고 있다. 풀숲의 은신처에 숨어 있던 그를 발견한 건 정오의 따가운 햇살이다. 치명적인 햇빛에 드러난 그의 두 손은 여전히 흥건한 피투성이다. 찢을 듯 고막을 두드리던 비명과 절규, 가라앉지 못한 흥분과 광기가 현장의 어지러운 발자국처럼 그의 지척에 따라붙고 있다. 무엇이 그를 잔혹케 했는가. 한순간 무참하게 잿빛 하늘로 물들였는가. 드러나지 않은 숱한 의문점들이 고스란히 덤불숲 뒷자락에 감춰져 있다. 언젠가 그는 자신을 위해 항변하게 될 기회를 얻게 될까. 엎드려 참회하며 희생자에게 용서를 구걸하게 될까. 찡그리듯 한낮의 햇살에 반들거리고 있는 덤불 속의 눈. 방향을 틀어 다른 각도에서 지켜보면 그의 눈빛은 측은하며 애처롭고 처량맞기까지 하다. 난폭한 흥기로 돌변해 저 까마득한 천 년 전의 밤, 누군가의 가슴을 째고 후빈 뒤 재빠르게 달아났으리라 여겨지지 않는다. 하지만 그는 자신의 행각을 실토하지 않는다. 사건을 둘러싼 어떤 인과도 굳게 침묵하고 있다. 헤아리지 못할 만큼 무수한 날들이 흘렀으나, 그보다 곱절의 세월이 지난들 그날의 기억은 지우지 못한다. 언제 그의 무거운 입이 열리며, 얼마나 더 긴 시간이 지나야 자포자기하며 도주를 멈출까. 과연 그가 율법과 정의의 칼끝에서 자유롭게 놓여날 수 있을까. 이따금씩 짙은 그늘 속의 무언가를 매섭게 째려보며 경계하는 눈. 아니, 어쩌면 그것은 되돌릴 수 없는 과오를 자책하거나 때늦게 자신의 잘못을 추궁하고 있는 중인지도 모른다.

♠〈카인(*Cain*)〉, 독일 화가 로비스 코린트(Lovis Corinth, 1858-1925).

14 수레

당신의 굴곡진 생애는 상처투성이였다. 얽히고 긁히거나, 찢기고 파인 크
고 작은 흔적들로 가득했다. 하지만 아무리 떨치려 해도 운명의 신은 당신
을 놓아주지 않았다. 당신이 아무 말 없이 자신의 수레를 끌도록 그대로
내버려두었다. 눈물과 탄식, 한숨과 회한으로 점철된 생. 그러나 아무도 당
신의 깊은 고뇌를 이해하지 못했다. 당신이 얼마나 뜨거운 눈물을 흘렸으
며, 기꺼이 자신의 생을 끌어안으려 애썼는지 기억하지 못했다. 그것이 얼
마나 받아들이기 힘든 고통이었던가. 그래도 당신은 어떤 이유에선지 묵
묵히 수레를 끌어야 했다. 지그시 입술을 깨물고 거역할 수 없는 침묵의
걸음을 떼어야 했다. 그렇기에 지금도 수레는 구르고 있으며, 이따금 멈춰
세우려 하나 그것은 순순히 당신의 뜻에 응하지 않았다. 그러니 누가 대신
이 수레를 끌어가고 있는 건 아닌가, 하는 의심이 드는 순간에도 그것은
덜컹거리며 앞으로 나아간다. 어디로 수레가 향하는가는 누구도 알려주지
않으며 당신조차도 제대로 알지 못하는 낯설고 까마득한 길. 그래서 당신
은 한 가지 사실을 뒤늦게 깨달았다. 이 수레를 끌어가는 한, 비롯된 모든
잘못과 용서는 당신에게서 구할 수밖에 없음을.

♠〈운명의 수레바퀴(*The Wheel of Fortune*)〉,
영국 화가 에드워드 번 존스(Edward Burne Jones, 1833-1898).

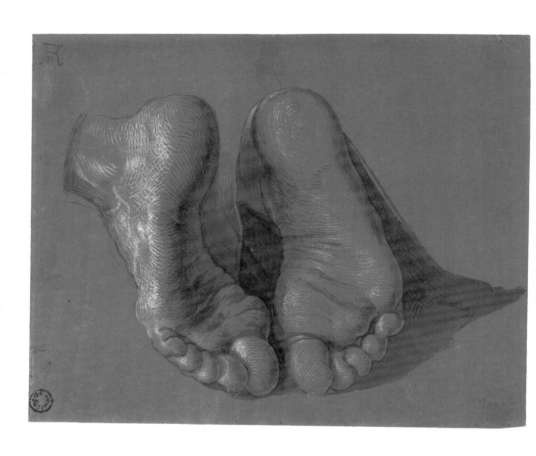

15   고행

한때 그는 비천한 상인이었다. 악착같이 당나귀 떼를 몰며 소금 등짐을 실
어 날랐다. 정직이 밑천이었고 신용이 자산이었다. 일대에서 그의 물건을
찾지 않는 이가 드물었다. 그러나 악몽처럼 닥쳐온 홍수를 대처하지 못했
다. 어이없게도 가득 불어난 강물에 나귀 떼가 휩쓸리며 지닌 재산을 모두
잃었다. 한때 그는 도적 떼의 우두머리였다. 야밤을 틈타 비수를 품었다.
부유한 자들의 높은 담장을 날래게 뛰어넘었고 빼앗은 재물을 헐벗은 이
들에게 골고루 나누었다. 달밤의 그림자가 그의 명성이었고 재빠름이 수
식어였다. 하지만 수하 가운데 밀고자가 있었다. 상금에 눈먼 배신자가 저
들의 다음번 모의를 까발렸다. 한때 그는 처단을 앞둔 사형수였다. 차디
찬 지하감옥에 엎드려 법을 무시하고 질서를 어지럽힌 혹독한 대가를 치
러야 했다. 그때 얻은 별칭이 발목의 족쇄요 감금된 희망의 다른 이름이었
다. 그러나 혁명이 구원했다. 들불처럼 일어난 농노들이 못된 황제를 내쫓
았고 그는 자유의 몸이 되어 영어(囹圄)에서 풀려날 수 있었다. 이제 그는
맨발의 떠돌이가 되었다. 그래서 묵묵히 걷고 또 걸어야 했다. 막다른 길
어딘가에 잃어버린 부모와 흩어진 가족들이 있으리라는 믿음이 그의 걸음
을 부추겼다. 하루 중 그가 걸음을 멈추는 건 고작 날이 저물고서야. 그때
가 되어야 그는 무릎을 꺾었다. 공손히 몸뚱이를 낮추어 제 그림자를 향해
엎드려 절했다. 그러곤 왈칵 터져 나오는 눈물을 억지로 참았다. 더불어
북받쳐오르는 무엇엔가 깊이 감사했다. 그럴 때 저 부르튼 발등과 딱딱한
굳은살이 앞으로 그가 걸어가야 할 먼 행로를 짐작하게 했다.

♠〈두 발의 연구(*Study of Two Feet*)〉, 독일 화가 알브레히트 뒤러(Albrecht Dürer, 1471-1528).

16   속죄양

새까맣게 대지가 타들어갔다. 기다려도 애태우는 단비는 뿌리지 않았다. 나날이 가축 떼는 주려 야위고, 속절없이 작물들은 누렇게 시들어갔다. 모두가 경악해 입을 모았다. 하늘이 크게 노했다! 그러나 대책 없는 근심이 마을을 무겁게 짓눌렀다. 막으려 했으나 두렵게 다가오는 재앙의 끝은 실체가 보이지 않았다. 극에 달한 신들의 분노는 가혹했다. 마침내 우물마저 말라 깊은 바닥이 드러났다. 우선적으로 저들을 달래야 했다. 그것 외에는 뾰족한 수가 달리 없었다. 누구라도 나서야 했으나 아무도 그러지 않았다. 하지만 그는 달랐다. 하늘의 의중을 똑바로 꿰고 있었다. 어떤 기운이 나약한 그를 벌떡 일으켜 세웠을까. 주저하지 않고 그는 제단을 향해 곧바로 나아갔다. 그러나 제 스스로 손발을 묶을 수는 없는 일. 그럼 누가 그것을 단단히 포박했을까. 마치 그것을 알고자 하듯 성스러운 단상에 그는 반듯하게 몸을 눕혔다. 그러곤 가만히 눈을 감고 사태의 본질을 파악하려 했다. 그렇지만 깊고 아늑한 잠이 신속하게 그의 판단을 가로막았다. 그러니 어떻게 해도 그를 묶은 자의 또렷한 얼굴을 떠올리지 못했다. 가엽게도 저 모든 불가항력적 힘 앞에 후회나 번복은 그의 몫이 아니었으니, 그래서 그는 철저하게 순응하며 침묵하기로 했다. 그로써 숭고한 제단을 검정 핏물로 흠뻑 적실 수 있었다.

♠〈하느님의 어린 양(*Agnus Dei*)〉,
스페인 화가 프란시스코 데 수르바란(Francisco de Zurbaran, 1598-1664).

17   천상의 옷

저들은 저마다 한 벌씩의 날개옷을 소유한다. 그것이 신분상 저들이 거룩한 존재임을 알리는 유일한 증표다. 어딜 나서건 저들은 그것을 걸치고서 먼 나들이를 시작한다. 그렇기에 저들이 내딛는 걸음은 단아하며 정결하고 매순간 기품이 넘쳐흐른다. 그런데 그보다 더 경이롭고 신기한 것은 저들의 날개옷은 입는 순간 절로 미소 짓게 한다. 그것이 헌신과 희생과 시혜와 이타의 길로 나아가게 하기 때문이니, 어디서고 찡그린 저들의 얼굴과 대면하기 어렵다. 어느 한순간이라도 저들이 존엄의 길 밖으로 벗어났던 적이 있는가. 하늘이 동강나 두 조각으로 쪼개진다 해도 그것이 아니라고 부정하기 어려우니, 명확하진 않아도 그 모든 게 저 날개옷 때문임이 당연하다. 제 아무리 시간이 흐른들 저 옷은 낡거나 헤지는 법이 없다. 구겨지거나 얼룩이 묻지도 않기에 바람처럼 가뿐히 솟아오르려는 날개의 형상은 언제나 그대로다. 지켜볼수록 그런 것들이 거듭 당신을 놀라게 하지만, 단언컨대 저들만이 거룩한 날개옷을 소유하는 것은 아니다. 분명 당신에게도 꼭꼭 숨겨둔 한 벌의 그것이 있다. 투명하도록 화창한 어느 오후, 감추지 못한 그 비밀이 드러난다. 제법 길어진 한낮의 햇살이 당신의 창턱을 넘어와 만지작거리듯 장롱 깊숙한 곳의 그것을 반짝거리게 한다. 아무리 덮어두려 한들 드러나고 마는 그 빛줄기. 언젠가 오래지 않은 날에 당신은 그것을 걸치고 먼 길을 나서리라. 사뿐한 걸음마다 뺨에 번지는 은근한 미소를 당신에게서도 기대하게 하는 것이다.

♠〈시각(*The Sense of Sight*)〉,
영국 화가 애니 루이자 스위너턴(Annie Louisa Swynnerton, 1844-1933).

18   잃어버린 새

언젠가 그 새는 날아가 버린 지 오래다. 둥지를 비우고 하늘로 떠올라 자신의 종적을 감춘 지 한참 되었다. 그래도 저녁이면 어김없이 그 새가 구슬피 운다. 한 소녀가 자라 성숙한 여인이 되어서도 어둑한 숲가에서 운다. 한 번 들은 누군가의 노래가 지워지지 않는 것처럼. 떨치려 할수록 어느 소절이 더 깊이 파고드는 것처럼. 그것들이 다 잊히려면 얼마나 긴 시간이 느린 강물처럼 흘러가야 할까. 하지만 그렇게 저녁 새가 우는 건 하늘의 뜻이라고 새긴 적이 있었다. 자세한 연유는 잊었으나 어느 땐가 분명 그렇게 믿었던 시절이 있었다. 한 여인이 오래 앓았다. 도저히 고칠 수 없는 깊은 병이었다. 마침내 병을 떨치지 못해 여인은 차갑게 세상을 등졌다. 그때도 저녁이면 어김없이 새가 울었다. 온 숲을 다 헤쳤으나 어떤 흔적도 찾지 못하고 허전하게 돌아서야 했다. 한꺼번에 천 날의 저녁이 저물듯 그 상실감은 이루 말할 수 없는 것이었다. 당신에게도 잃어버린 조그마한 새가 있는가. 언젠가 당신의 보금자리를 등지고 하늘로 솟구쳐 다시는 돌아오지 않는 새가 있는가. 그래도 저녁이면 자작나무 숲가에서 섧게 울며, 당신이 더 이상 자랄 수 없는 어엿한 어른이 되어서도 그 새는 안타깝게 울고 있는가. 그러니 어두워가는 저녁마다 당신 홀로 울먹거리고 있는 것은 아닐까. 한 번 들은 어떤 노래를 지우지 못해서 기우는 저녁마다 온 숲을 뒤지며 헤매는 것은 아닐까.

♠〈버드송(Birdsong)〉, 헝가리 화가 카놀리 페렌치(Károly Ferenczy, 1862~1917).

19   바닥

누군가 매몰차게 그를 잡아당기고 있다. 알지 못할 나락으로 그를 내동댕이치려 한다. 무기력하게 그는 끌려가고 있다. 속수무책 허공을 찢으며 곤두박질치고 있다. 한꺼번에 그는 모든 것을 잃었다. 무언가를 붙들 기회를. 중력을 거역할 수 있는 든든한 날개를. 난감한 이 추락의 끝이 어딜까. 과연 낙하 끝에 무엇에든 닿을 수 있을까. 자꾸 엄습해 오는 공포를 떨치기 위해 그는 무엇이든 가늠해 보려 애썼다. 하지만 딱하게도 아무것도 알 수 없었고 푸른 심연은 어떤 실체도 보여주지 않았다. 그는 당혹스러웠다. 어지러움에 거듭 진저리쳤다. 그를 기다리는 것이 헤쳐 나오지 못할 유황불의 바다건 지옥의 가마솥이건, 그 어떤 것도 당장 중요하지 않았다. 어딘가에 부딪쳐 산산조각 나거나 만신창이 되더라도 지금 그가 바라는 것은 단지 바닥뿐. 하지만 아무리 떨어져 내려도 그곳은 보이지 않았고, 거기가 어딘지 영원히 알 수 없을 것만 같았다. 참담함에 그는 절망했다. 자신을 끌어가는 누군가를 증오하고 저주했다. 닿지도 보이지도 않는 가혹한 바다, 그곳을 향해 그는 부지런히 지푸라기 같은 두 팔을 휘저었다. 그것만이 그가 저항하며 심각하게 사투를 벌이고 있음을 증명했으나, 그렇게 나락의 끝자락을 향해 추락하고 있는 사내를 아무도 붙들지 못했다. 기껏해야 얻을 수 있는 위안이라곤, 간간이 메아리치는 탄식만이 그를 고독하게 놓아두지 않으려고 힘겹게 따라붙고 있다는 사실뿐이었다.

♠〈익시온의 추락(*The Fall of Ixion*)〉,
네덜란드 화가 코르넬리스 반 하를렘(Cornelis van Haarlem, 1562–1638).

22 멀리서 온 편지

실로 이곳 사람들의 긍지와 자부심은 대단합니다. 일과 자유, 그것의 가치를 신봉하는 저들을 누구도 따라잡기 힘들 것입니다. 그것으로 저들은 세계 최고의 부국을 건설했으며 앞으로도 그 영화는 지속될 테니까요. 저로서는 대단히 운이 좋았고 여전히 행운은 계속되고 있답니다. 대양을 건넌지 불과 넉 달 만에 저들의 삶에 편입될 수 있었으니까요. 아마도 석 달 뒤엔 어설픈 수습딱지를 떼고 카네기철도운송회사의 화물국 소속 정식직원이 될 것이랍니다. 하룻밤에도 제가 모는 기차는 수백 킬로미터를 씩씩하게 달려간답니다. 거뜬히 기암괴석 투성이의 협곡을 통과하고 끝이 보이지 않는 너른 평원을 묵묵히 헤쳐 갑니다. 그것이 멈춰서는 안 되기에 수백 번이라도 허리를 굽혀 삽질을 계속해야 하지요. 한 삽 가득 뜬 석탄을 빨갛게 타오르는 엔진의 화덕에 부어 주어야 이 철마는 말썽을 부리지 않고 행진을 계속하니까요. 화부(火夫)로서의 일은 고되나 아직 젊기에 잘 해나가고 있으니 심려치 않으셔도 된답니다. 이따금 쉴 짬이면 당신께 배운 솜씨로 목각을 새기거나 동료가 권하는 한 모금 맥주로 갈증 난 목을 적신답니다. 하지만 어림할까요, 싱겁고 미적지근한 그 맛은 당신의 작업장에서 들이키던 것과는 비교가 안 될 만큼 형편없답니다. 언젠가 기회가 되어 이 기차에 당신을 태우고 대륙을 횡단하게 되길 손꼽아 기다려봅니다. 물론 당신의 대답은 예견하는 것이지요. 자꾸 느려지는 대성당 벽시계의 나사못을 갈아 주어야 하고, 밀 수확 철이 지척이어서 마을의 모든 낫들을 벼려두어야 하기에 당신이 한 달 넘도록 작업장을 비우긴 어려울 테니까요. 설령 그리하여 방문이 늦어지더라도 서운하지 않을 것이니, 어서 이 소식이 바다 건너 당신께 닿기를 바랄 따름입니다. 되도록 일은 쉬엄쉬엄 하시며 술과 담배도 조금씩 줄이시기를. 그렇게나마 건강을 빌며. -17, April, 1874, 당신의 오랜 벗 대니얼 띄움. (추신: 기대하세요, 다음 번 소식엔 조지아 출신의 앳된 처녀와의 달콤한 연애에 관해 소상히 밝히겠습니다.)

23   뜨거운 책

읽고 또 읽는다. 낡고 닳아 겉장이 구겨지고 다 헤지도록. 될성부른 나무의 일과가 그러하다. 어제 새겨둔 뜻이 오늘의 그것과 이상하게 다르다. 의아하나 그것이 소년을 더욱 매료시킨다. 서두르지 않으나 그의 눈길은 심각하며 진지하다. 그래서 한 번 더 침착한 눈길로 훑는다. 그럴수록 그가 쥔 책은 장작난로처럼 뜨거워진다. 마침내 활자의 요정들이 깨어나 아름다운 군무를 춘다. 하늘거리는 저들의 춤사위가 곧바로 그의 눈동자 속으로 빨려든다. 그렇기에 그의 머리는 된통 불덩이처럼 뜨겁다. 덩달아 가슴복판의 맥동이 벅차게 뛴다. 비로소 갈래갈래 길들이 그에게 손짓을 한다. 아직 가보지 않은 곳이어서 그는 두리번거린다. 그래도 무언가 흔적들이 있다. 앞섰던 이들의 자취가 곳곳에 역력하다. 어쩌면 저들도 잠시 이곳에서 길을 잃고 헤맸으리라. 머뭇거렸던 저들의 발자국이 바닥에 어지럽다. 그중 하나의 길이 나직이 그를 부른다. 하지만 당장 그리로 나아갈 때가 아니다. 아직은 미완의 책상 앞을 굳게 지킬 때다. 그러니 달아오른 그것을 읽고 또 읽는다. 사위어가는 벽난로 불빛에 의지해. 언젠가 저 불꽃들은 시들어 까맣게 꺼지겠지. 그러나 그것은 먼 후일의 일, 소년의 탐독이 세상의 밤을 밝히고 난 뒤의 일. 지금 세상의 책들은 뜨겁다. 그가 쥔 것이 우주적 불꽃이며, 꺼지지 않을 그것이 늦도록 소년의 밤을 불태우기 때문이다.

♠〈소년 링컨의 밤 독서(*Lincoln as a Boy Reading at Night*)〉,
미국 화가 이스트먼 존슨(Eastman Johnson, 1824~1906).

24   돌아온 탕아

화려했던 그의 날들은 갔다. 되돌리지 못하는 딱한 과거가 되었다. 뿔소처럼 괄괄했던 혈기는 어느덧 시들고, 고랑처럼 깊게 팬 주름이 그의 이마를 가득 덮었다. 때늦은 후회가 비로소 그의 걸음을 멈춰 세웠다. 구두 끝에 뽀얗게 내려앉은 먼지 같은 날들을 그는 엉겁결에 돌아다보았다. 떠들썩하던 밤의 벗들은 모두 다 어디 갔는가. 향기롭고 사랑스러운 여인들은 왜 사라져 보이지 않는가. 수중에 남은 것이라곤 불과 동전 몇 닢. 그것들이 그의 낡은 외투주머니 속에서 가볍게 짤랑거렸다. 떠날 때의 은성하던 모습 그대로인 어귀의 느티나무가 외톨이가 되어 돌아온 덥수룩한 사내를 맞았다. 이때껏 목을 빼고 기다려 주기라도 한 듯 지친 사내의 초라한 등을 기대게 했다. 누구도 그를 말리지 않았다. 아무도 그에게 말해 주지 않았다. 마침내 빈털터리가 되어 고향으로 돌아오리라고. 그리하여 저 나무 등걸에 기대 펑펑 울게 되리라고. 마침내 사내는 무언가에 호되게 얻어맞은 사람처럼 머리를 감싸쥐었다. 이윽고 고개를 떨어뜨리고 서럽게 오열했다. 아무도 마을에서 기억조차 못하는 사내의 어깨를 무거운 침묵이 다가와 토닥거렸다. 어린 철부지를 다루듯 연신 그의 등짝을 두드려 주었다. 그러나 어떤 위로도 탕진의 제물(祭物)이 된 가여운 사내를 달래기에는 턱없이 모자랐다. 곤혹스럽게도 막다른 이 난관에서 벗어나거나 맞바꿀 수 있는 무언가를 그는 수중에 지니고 있지 못했다.

♠〈탕자의 우화 속 렘브란트와 사스키아(*Rembrandt and Saskia in the parable of the Prodigal Son*)〉, 네덜란드 화가 하르먼스 판 레인 렘브란트(Harmensz van Rijn Rembrandt, 1606-1669).

25   유훈(遺訓)

오래전 그는 개와 사자와 늑대의 시간을 살았다. 아주 날래며 용맹스럽고 내처 신중한 행로를 걸었다. 무엇보다도 내면의 담대함이 그를 옹졸하지 않게 만들었다. 부단한 충직함이 그에게서 게으름을 내쫓았으며, 지혜로움 또한 위엄의 길에서 그가 일탈하지 못하도록 단단히 붙들어 주었다. 때론 뉘우치며 반성하나 결단코 두 번의 후회라곤 몰랐던 치밀한 생. 그의 삶은 그렇게 요약되며, 그로써 기울어가는 가문을 반듯하게 일으켜 세웠다. 어찌 그가 입이 닳고 침이 마르도록 칭송 받지 않을 수 있는가. 그런 탓에 그의 초상이 중앙회랑 한복판에 큼지막하게 걸려 있다. 반짝거리는 금빛 액자에 담겨 거듭되는 후대의 생을 감시하고 검열하듯 지켜보고 있다. 그러니 세월이 흘러가고 대(代)가 바뀌어도 엄숙한 그의 초상에 먼지 한 점 내려앉는 일이 드물다. 가문의 후손들 중 누구라도 그의 과업을 잇고 기리며 대대로 전승해야 하는 막중한 책무를 진다. 두드러지게 그것이 잊혀서는 안 됨을 강조하듯이 거기 액자 하단에 다음과 같은 글귀가 씌어 있다. '과거에서 배워, 현재에 신중하며, 그로써 미래를 망치는 일이 없도록 하라.' 그 문구 때문이 아니더라도 누구든 중앙복도를 지나치노라면 더욱 걸음이 조심스럽고 신중해진다. 간간이 액자 밖으로 튀어나오는 개와 사자와 늑대의 으르렁거리는 소리를 확인하며 숙연해지는 것이다. 그것이 저들이 내세우는 자랑이다. 명망 높은 어느 가문도 지니지 못한 자긍심이다. 그것만으로도 저들은 모래알처럼 흩어지지 않으며 줄곧 결속된 생활을 이어나가고 있다.

♠〈신중함의 알레고리(*An Allegory of Prudence*)〉,
이탈리아 화가 티치아노 베첼리오(Tiziano Vecellio, 1488-1576).

26   시인

긴 세월 그는 쫓겨나 광야를 떠돌았다. 낡은 악기를 품에 끼고 지치도록 황무지의 길을 찾아나서야 했다. 언젠가 오래전 천상의 음계를 엿들은 게 화근이었다. 뭇별들의 운행을 노래하고 천궁의 비밀을 옮겨 적은 게 그에게 주어진 죄목이었다. 그것들은 열람이 금지된 영역이었다. 허가받은 극소수 외엔 누구도 읽어서는 안 되는 신성한 기밀이었다. 그래서 공화국은 그를 추방하기로 결정했다. 하지만 그는 항변하지 않았다. 왜 그것이 모두의 소유가 아니라 소수의 것이어야 하는가, 언제까지 그래야만 하는가, 하고 따져 물어야 했으나 그러지 않았다. 고분고분하게 그는 공화국의 명령에 따랐다. 비록 거기서 쫓겨날지언정 꽃들은 분방하게 피어날 것이며 무리지어 새들은 모여들고 자유롭게 강물이 넘쳐흐르며 하늘을 향해 나무들이 자라날 것이었다. 대지가 기운차게 순환하며 가득한 공기가 사라지지 않을 터, 저 땅의 누군가가 그것들을 지키며 노래하리라 확신한 때문이었다. 멀리 공화국의 경계를 벗어나 그는 막막한 광야로 나섰다. 그러곤 그곳에서 예언자의 언어를 창안했고, 그것으로 숨이 다하는 날까지 비밀의 일지(日誌)를 채워나갔다. 핏물을 찍어 새기듯 그가 짊어져야 했던 기록의 임무는 고된 노역이었다. 그러는 동안 주름이 얼굴을 덮고 덥수룩한 수염이 하얗게 셌다. 그래도 필사를 멈추지 않았다. 땅 위에서의 삶이 중단된 적이 있는가. 그의 믿음이 옳았다. 그것이 최후까지 그를 움직였다. 그래서 지금도 그가 만든 비밀의 언어가 전승되고 있으며, 방대한 분량에 달하는 일지 또한 곳곳을 떠돌며 세간에 읽히고 있다. 그렇기에 우연히 낡은 기록을 마주친 이는 두 눈이 휘둥그레지나, 창공을 밝히는 별들이 어떻게 따사로이 노래하는가를 어렴풋하나마 짐작할 수 있게 되었다.

♠〈음유시인(*The Bard*)〉, 미국 화가 벤저민 웨스트(Benjamin West, 1738-1820).

27   추격자

본능적으로 그는 냄새의 뒤를 따라다닌다. 그 일에 적합하도록 아주 잘 발달된 코를 지녔다. 후각이야말로 변화무쌍한 이 숲에서 그를 영리하고 훌륭한 사냥꾼으로 만들었다. 그것으로 그는 흔적들의 꽁무니를 맹추격한다. 더군다나 천적의 몸에서는 그치지 않고 향기로운 냄새가 흘러나온다. 살랑거리는 숲의 실바람이 그것들을 실어 나르기에 전혀 모자람이 없다. 놀라운 그 광경을 눈으로 지켜보기 어렵거니와 극히 작은 실마리나마 손가락으로 쥐어보기도 힘들다. 하지만 부지불식간에 단서들은 천지사방으로 퍼져 나간다. 그렇기에 덥수룩한 갈대 수풀이 아무리 가로막아도 그는 길을 잃지 않는다. 행방을 놓친 것처럼 갈림길에서 잠시 멈칫거리기는 해도, 어느새 갈기를 곤두세우고 끈질기게 바람의 끝자락을 따라붙고 있다. 바짝, 그가 긴장하는 때가 언제일까. 그래서 붉은 털이 더욱 불거지는 그때, 무심코 방심한 바람의 틈새를 그가 난폭하게 찢고 들어갈지 모른다. 이것이 숲이 간직한 비밀이며 전설보다도 오래된 삶의 일부다. 오늘도 맹렬한 바람이 그의 콧등을 자극하고 천적의 굴을 향해 불어간다. 그는 뒤처지지 않는다. 서두르거나 앞지르지도 않는다. 한 걸음, 한 걸음, 냄새를 향해 옮겨 딛는 동작은 누구도 알아차리지 못할 만큼 극히 조심스러우며, 그것이 자신을 생존케 하는 최상의 수단임을 자각하고 있다. 그런데 용의주도하게 그를 뒤쫓는 더 큰 걸음은 누구인가. 그 뒤의 더 큰 아가리를 벌린 검은 그림자의 정체는.

♠〈무단침입자(*The Trespasser*)〉, 독일 화가 루드비히 베크만(Ludwig Beckmann, 1822-1902).

28   친절한 모자

이 마을에서 모자는 하나의 풍속이다. 어딜 나서건 이 마을 사람들은 모자를 꾹 눌러쓰며 행색을 차린다. 길모퉁이 어디에서 누구와 마주치건 저들은 약속이라도 한 듯 공손히 모자를 벗어들고 인사를 건넨다. 처음 이 마을을 찾은 이는 친절한 그 모자에 낯설고 어리둥절해 하다가도 곧 익숙해진다. 모자는 곧 이 마을에서 교의(交誼)의 상징이다. 모자 말고 이 마을이 다른 마을과 구별되는 것은 딱히 없다. 들일을 마치고 돌아오는 농부처럼 이 마을의 풍경은 평화롭다. 멀리서 보면 평퍼짐하게 솟아오른 낮은 구릉처럼 이 마을은 꼭 둥근 모자 같다. 그것이 맞는 말인가 확인하고 싶은 사람은 몇 떨기 제비꽃이 슬그머니 피어오른 이 마을의 들녘길을 걸어가 보면 된다. 어디론가 구불구불 이어진 그 꽃길을 따라서 이 마을 사람들은 웬만한 거리는 걷는다. 한아름 들린 짐이 많거나 아주 먼 타지로 떠나야 할 때는 네 필의 조랑말이 끄는 합승 마차에 오른다. 그렇지만 어떤 경우라도 길을 나서며 모자를 잊는 이는 드물다. 저들이 저마다 머리에 얹은 각양각색의 모자와 마을길은 제법 아름답게 어울린다. 언젠가 한때, 내게도 썩 어울리는 모자가 있었다. 누구에게도 절대 굽실거리지 않던 그 모자를 잔뜩 취해 주점 탁자에 그대로 놓아두고 나온 뒤 딱 인연이 끊겼다. 돌이키건대 왜 그 모자를 삐딱하게 얹고 다녔을까. 부끄러운 얼굴을 가리고 매서운 눈빛을 숨기기 위해서였을까. 아님 누구와도 마주치거나 무엇에도 부대끼기 싫었던 것일까. 버려지듯 그 시절은 철저히 혼자였으며 미아처럼 외롭게 떠돌던 때였음이 분명하지만, 아무리 곰곰 떠올려 봐도 시간이 지독히 흐른 탓에 명확한 그 까닭을 헤아리기 어렵게 되었다.

♠〈만남, 혹은 "안녕하세요 쿠르페 씨"(*The Meeting or "Bonjour, Monsieur Courbet"*)〉,
프랑스 화가 귀스타브 쿠르페(Gustave Courbet, 1819-1877).

29   꿈속의 공장

여기서는 조금 먼 고장에 그 공장이 있다. 거기까지는 길이 낯설고 까마득하기에 가보지는 못했어도 사계절 그 공장은 활기차게 돌아간다. 계기를 조작하는 직공들의 손놀림은 꼼꼼하며 경쾌하다. 재재바른 발걸음들이 연신 기계 틈바구니를 헤집고 돌아다닌다. 잠시라도 저들은 땀과 수고를 아끼지 않는다. 점검하고 확인하며 거듭 오류를 찾아낸다. 저들에게 부여된 임무와 역할이 바로 그것. 그래서 무엇보다도 공장의 생산성은 최고를 기록한다. 믿기 어렵게도 양질의 아마포가 매달 목표치를 넘어 과량 생산된다. 그렇기에 누구나가 노고에 모자라지 않은 대우를 받으며, 하루 중 절반 가까운 시간을 할애해 공장의 사용주는 저들의 처우개선에 항시 골몰하고 있다. 그곳에서는 직급 여하를 막론하고 누구든지 다쳐서는 곤란하다. 약지손톱만 한 사소한 재해라도 그곳에 있을 수 없다. 사시사철 기계는 멈추지 않고 돌아가야 하나 업무에 지친 직공들은 언제든 휴가를 얻어 마음대로 떠날 수 있다. 저들에게 일과 휴식은 쪼갤 수 없는 한 몸이어서 일방적인 쟁의나 파업으로 불미스럽게 공장 문이 닫히는 경우는 찾기 어렵다. 멀리서 지켜보면 우뚝 선 공장 굴뚝은 온종일 가느다란 흰 연기를 뿜는다. 아름다운 상상 속의 나라가 어디엔가 존재하듯이, 저 먼 고장에 부지런히 돌아가는 공장이 있다. 그곳에서 만들어지는 각종 의복과 침구류는 가볍고 따스하며 질기다. 매일 밤 그곳의 튼실한 아이들이 깃털처럼 푹신푹신한 그 이불을 덮고 잠든다.

♠〈로렌의 아마포 공장(The Flax Barn at Laren)〉,
독일 화가 막스 리베르만(Max Liebermann, 1847-1935).

30   궁휼한 세계

공황이 깊었다. 시절이 암흑에 가까웠다. 캄캄한 늪에 빠져 세계가 허우적 거렸다. 어떡해도 납덩이처럼 가라앉고 있는 그를 끄집어내기 어려웠다. 어떤 기대도 쓰러져 누운 희망을 일으켜 세울 수 없었다. 좌절과 시련, 그 것들이 생을 단련시키리라는 바람은 지나친 사치에 불과했다. 그래도 지 평선 너머에서 태양이 떠올라 탄광의 아침을 비췄다. 그래서 칭얼거리는 어린것을 안고 당신께서도 일터로 나서야 했다. 금쪽같은 당신의 혈육을 굶길 수는 없는 일. 허리를 굽혀 시커먼 탄을 캐고, 갱도를 오르내리며 묵 직한 화차를 끌어야 했다. 기도서를 쥐었던 흰 손이 부르트고 하늘빛의 성 의(聖衣)가 온통 숯검정이 되었다. 하지만 그렇게라도 허기진 입에 풀칠 을 해야 했다. 나날이 고역이며 수난이었으나 그래도 당신께서는 이곳을 지켰다. 차마 눈물로 얼룩진 지상을 외면할 수가 없었다. 얼마나 많은 비 탄을 당신께서 참으며 아꼈던가. 그것이 지속되어야 하는 삶이며 동시에 당신의 근엄한 훈육이었다. 그때 당신의 팔뚝에 매달린 아이는 처음으로 세상의 그늘과 대면했다. 가득 세계를 뒤덮은 궁핍의 맨얼굴과 맞닥뜨렸 다. 그러나 그 모두를 이해하기엔 그 시절 당신의 아이는 아직 어렸다. 그 렇지만 오히려 그것이 당신에게는 실낱같은 희망이었다. 언젠가 그가 자 라 비극적인 최후를 맞이하더라도, 그날까지 지상의 아픔을 외면하거나 회피하지 못할 유일한 방책이었다.

♠〈환상, 일터로 나서는 성모(*Illusion or Working Virgin*)〉,
스페인 화가 비센테 쿠탄다 토라야(Vicente Cutanda Toraya, 1850~1925).

HERCVLES VICTOR

한때 그가 천하를 호령했다. 그는 강인했고 누구에게도 패배를 몰랐다. 최초의 모험가답게 전인미답의 세계를 답파했고 전대미문의 괴물들을 때려 눕히며 전무후무한 영역을 개척했다. 때는 바야흐로 편력의 시대. 헤아려보면 늠름히 승리의 깃대를 꽂고 돌아선 그의 성지가 무려 열두 곳이 넘는다. 보라, 그에게서 세계의 평안이 깃들지 않았던가. 그의 신화가 잊혀서는 안 된다. 위대한 그의 업적들은 기념되어야 마땅하다. 당시 제압되지 않은 괴수들이 지금도 살아 활약하는 중이라면 당신의 밤은 얼마나 끔찍했겠는가. 그렇게 불안의 요소들을 모조리 잠재운 후 그는 하늘에 초대되어 신성(神聖)의 권좌에 앉았다. 지금도 그를 닮고자 하는 수많은 젊은이들이 수련에 땀 흘리고 있다. 긴 시간 단련을 마친 저들은 무리지어 순례를 나선 맹신도들처럼 영웅의 성지를 찾아와 맨 앞자리에 진을 치며 그의 석상을 닦고 어루만진다. 저들이 염원하는 것은 단 하나. 구름 위로 치솟은 영웅의 업적을 기리며 찬란했던 그의 영광을 뛰어넘으리라 다짐하는 것이다. 그로써 그것에 버금가는 자신의 석상이 후대에 남으리라 그들은 열망한다. 하지만 그렇게 맘먹은 이들은 단단히 경계해야 하리라. 무엇이 어떻게 석상을 세우는가를. 적어도 그를 영원히 능가할 수 없는 것이라면 당연히 그래야 한다. 제 아무리 거대한 석상일지라도 그것이 한낱 조롱거리로 전락할 수 있음을. 어처구니없는 무수한 예가 역사에 남아 친절하나 따끔하게 그리 말하고 있다.

♠〈파르네세의 헤라클레스 상(*Farnese Hercules*)〉,
네덜란드 화가 헨드리크 골치우스(Hendrick Goltzius, 1558-1617).

32   방아쇠

서로를 겨누었다. 너무도 근접한 거리였다. 놀란 상대의 숨소리를 똑똑히 들을 수 있는 지척이었다. 필경 누군가는 쓰러져야 했고 그것은 전능한 신이 아니고서는 거스를 수 없는 일이었다. 총탄은 피해갈 수 없게 만들어졌다. 반드시 하나뿐인 표적을 찾아가 그의 가슴을 관통하고 붉은 피를 쏟게 만들며, 다시는 그가 일어나 뚜벅뚜벅 걸을 수 없게 했다. 두 사내 모두가 일평생 총이라곤 쥐어보지 못했다. 남부의 사내는 기름진 호밀밭을 일궜다. 거름을 쏟아붓고 굵은 땀방울을 이랑에 뿌리며 아내와 자식들을 돌보았다. 언젠가는 저들이 기다리는 집으로 돌아가야 했다. 북부의 사내는 분필 대신 총자루를 움켜쥐었다. 올망졸망한 교실의 아이들을 버려두고, 늙고 병든 홀어머니를 뒤로하고, 큰형의 전사 통보서를 받아들자마자 곧바로 전장에 뛰어들었다. 참혹한 전쟁이 터지지 않았더라면 두 사내가 마주치는 일은 없었을 것이다. 험악한 산골짜기 능선에서 서로의 적이 되어 총부리를 겨누지 못했으리라. 모든 것을 전쟁이 앗아갔다. 인정사정없는 아귀처럼 그것은 미쳐 날뛰었다. 초목이 불타고 가옥이 잿더미가 됐으며 시가는 폐허로 변했다. 가녀린 목숨들이 풀잎처럼 스러져갔으나 닥치는 대로 저 악귀는 모든 것을 집어삼켰다. 분명 푸른 제복의 사내는 고지를 지켜야 했고 황색 군복의 상대는 그곳을 빼앗아야 했다. 운명처럼 주어진 명령이 그것이었고 둘은 따라야만 했다. 일순 멈춰버린 침묵이 저들을 갈랐다. 그러나 길지 않았다. 곧 방아쇠가 당겨졌다. 시퍼런 불꽃이 총구에서 일었다. 날카로운 단발의 총성이 깊은 계곡의 적막을 찢고 삼켰다.

♠〈인식, 남과 북(*Recognition: North and South*)〉,
프랑스 화가 콩스탕 메이어(Constant Mayer, 1829-1911).

33　황금시대

외세의 침탈이 그친 지 오래. 이민족의 말발굽이 물러난 지 오래. 빗발치 듯 허공을 가르던 적들의 불화살 대신, 사납게 울부짖던 창검들의 비명 대신, 지금은 화사한 소녀들의 해맑은 웃음소리가 광장을 떠날 줄 모르네. 재잘거리며 저들이 주고받는 공이 태양처럼 가볍게 떠올라 허공을 가르 는 오후. 이곳에 참다운 평화가 깃들기까지 얼마나 많은 눈물이 광장에 얼 룩졌을까. 하지만 저들은 참극의 과거를 알지 못하는 세대. 존귀한 목숨을 던져가며 자유를 지켜낸 항쟁의 기록을 저들이 또렷이 기억해야 할 까닭 은 이젠 어디에도 있지 않네. 단지 저들의 일과는 온종일 책을 뒤적거리거 나, 샘물을 길어와 부엌의 항아리를 가득 채우거나, 올리브가지와 백합 꽃 무늬가 섞인 가문(家紋)을 침보에 수놓거나, 이따금 광장의 웃음소리가 떠나지 않도록 하는 일. 그것만으로도 저들의 존재는 연분홍빛 햇살보다 도 훌륭하며 아리땁다네. 그러나 솜털구름처럼 나른한 저 오후가 불과 찰 나에도 못 미치는 극히 짧은 행복이라면 누구를 원망하며 무엇을 한탄하 랴. 하지만 그것은 한낱 근심 많은 이가 품은 어리석은 기우일 뿐. 정지한 저 한낮의 시간에 가만 귀 기울여 보면, 멀리 쪽빛 바다를 가르는 뱃사공 들의 노 젓는 소리와, 웅대한 석조도서관을 메운 늙은 학자들이 경전을 넘 기는 소리와, 반복된 셈을 헤아리는 상인들이 은전을 딸랑거리는 소리와, 외딴 국경의 초소를 지키는 젊은 병사가 따분함을 견디다 못해 쏟는 하품 소리가 어울려 새어나오는 황금빛 어느 날의 오후.

♠〈공놀이하는 그리스 소녀들(Greek Girls Playing at Ball)〉,
영국 화가 로드 프레데릭 레이턴(Lord Frederic Leighton, 1830-1896).

34   순례자

하루 종일 걸어 그는 숲의 경계에 당도했다. 서둘러 돋은 순례자의 별이 그를 반겨 맞았다. 외롭게 떠오른 그 별빛이 아니었더라도 그가 걸음을 멈출 때였다. 숲과 마을의 경계를 가르는 은빛 개여울에 땀과 먼지를 씻으며 숨과 생각을 고를 때였다. 거를 수 없는 그것이 종일 숲을 헤쳐 온 이의 마지막 경건한 의식. 어떤 거룩한 충만이, 어떤 대단한 아우라가 그를 껴안은 것일까. 줄지어 봉우리를 넘고 계곡들을 헤쳤으나 도무지 지친 기색이 아니니. 우뚝 경계에 멈춘 그의 어깨에 고양된 무언가가 매달려 있다. 어찌해도 그것들은 쉽게 떨어져나갈 것처럼 보이지 않는다. 무엇이 그를 줄곧 걷게 하는가. 걸음으로써 그가 얻은 것들은 과연 무엇일까. 그의 몸에 깃들인 것을 단지 숲이 준 것이라고 말하거나 단정 짓기에는 무언가 부족하다. 그가 숲에서 얻은 건 그뿐만이 아닐 수 있으며, 전적으로 숲에 들지 못한 이상 거기 무엇이 있었다고 속단하는 건 섣부르다. 마을로 길을 틀기 전, 그는 잠시 숲을 향해 돌아섰다. 그러곤 뒤쳐져 따라오고 있는 자신의 영혼을 나직이 불러 걸음을 독촉했다. 그러는 사이 숲의 경계는 더 아름답게 어두워졌다. 이제 저들이 빠져나가고 나면 숲은 침묵의 빗장을 내려 문을 닫아걸 시각이었다. 그러노라면 은빛 실개울마저 밤새 흐르기를 멈춰야 한다. 때늦게 둥지로 돌아온 저녁 새들도 지그시 울음소리를 참아야 한다. 그렇기에 숲에서 무엇을 만났고 행했는가는 오직 저들만이 아는 일이 되는 것이었다. 단 하나 분명한 건, 걸음으로써 그는 자신의 세상을 완성해 갔다.

♠〈기암계곡에 선 방문자(*Pilgrim in a Rocky Valley*)〉,
독일 화가 카를 구스타프 카루스(Carl Gustav Carus, 1789-1869).

35 　 어미

당신 품에 안겨 있을 때 우린 젖먹이였다. 할 줄 아는 게 아무것도 없는 조그만 울음보에 불과했다. 그래도 그 울음소리 하나는 얼마나 크고 우렁찼던가. 그것만으로도 당신의 뜨거운 사랑을 갈구하기에 충분했다. 극진한 당신의 보살핌이 있던 시절 세상은 얼마나 따사롭고 포근하며 아늑했는가. 당신의 무릎 위에서 우린 더듬거리며 지상의 언어를 익혔다. 비틀거리는 첫걸음 역시 당신의 발치 앞에서 뗐다. 밀물처럼 닥쳐온 검은 저녁, 당신이 들려준 나직한 자장가 덕에 긴 밤의 나락을 무사히 건널 수 있었다. 당신과 우리를 이어준 한 가닥의 놀라운 줄. 그렇게 우린 당신과 우주적 끈으로 묶였다. 끝을 모를 광대한 우주에 그만한 기적이 어디 있는가. 가느다란 그것에 매달려 우린 신선한 공기를 제공받았고 온기와 자양분을 얻었으며 마침내 휘황찬란한 세상의 빛과 대면할 수 있었다. 후드득 후박 잎 지는 어느 해 늦은 봄, 당신과 함께 나무 그림자 아래 누워 종다리처럼 노래 부르기도 했다. 당신의 배앓이가 없었던들 저토록 아득한 시간이 존재했을까. 그렇기에 당신을 떠나와서도 우린 그때를 그리워하며 평생을 살아가고 있다. 타관의 방랑자처럼 아주 멀리 떠나올수록 그리움은 핏빛으로 더 짙어가는 것. 태어나 죽는 날까지 우린 당신의 자식이었으며, 때론 새카맣게 당신 속을 타들어가게 했으며, 그래서 아직 세상의 길 끝에서 서성거리고 있는 우리에게 당신은 그리움 가득한 집이다. 그러니 컴컴한 밤길을 걸어서라도 그곳으로 돌아가려고 누군가는 지금 이 순간에도 사력을 다해 걸음을 옮기고 있다.

♠〈칠엽수 아래서(*Under the Horse-Chestnut Tree*)〉,
미국 화가 메리 스티븐슨 커셋(Mary Stevenson Cassatt, 1844-1926).

36   덕구 약전(略傳)

여섯 형제 중 마지막 배(胚)로 태어났다. 어미젖을 얻어먹지 못해 남들보다
발육이 더뎠다. 딱하게도 생모에게서 버림받은 녀석을 소년이 길렀다. 그렇
지만 놀라울 만치 총기가 뛰어나 피를 나눈 제 형제들을 제쳤다. 윤기 흐르
는 온몸의 흰털이 넘치도록 소년의 사랑을 자극했다. 그래서 소년이 가는
곳이면 어디든 줄레줄레 녀석이 뒤따랐다. 뒹굴고 타넘고 깨뜨리고 달음박
질치며 온갖 물음투성이의 세계를 두리번거리던 시절, 녀석은 성장기의 소
년이 감춘 은밀한 비밀을 모두 공유했다. 함부로 어떤 이가 녀석 앞에서 소
년을 나무랄 수 있었을까. 녀석이 으르렁거리는 한 낯선 누구도 문가를 서
성이지 못했으며, 얼기설기 나무토막을 엇대 소년이 만들어 준 집을 녀석
은 떠나본 적이 없다. 하지만 영원할 것 같던 그 시간은 극히 짧았다. 애석
하게도 어느 아침 녀석은 때이른 죽음을 맞았다. 가방을 둘러메고 소년은
학교에 가고 없었다. 포목을 가득 실은 방직공장의 트럭이 녀석을 덮쳤다.
졸음을 참아가며 밤새 길을 몰아 온 기사와 옆자리의 조수도 뛰어드는 녀
석을 발견하지 못했다. 툇마루에 책가방을 내던지기도 전에 사실을 알아차
린 소년의 얼굴은 밀랍처럼 굳어졌다. 동산에 녀석을 파묻으며 난생 처음
소년은 비애를 알았다. 고스란히 허기를 뿌리치며 몇 날의 밤을 꼬박 지새
웠던가. 그렇게 막막한 아픔을 달래던 소년은 어느새 자라 그 집을 떠났다.
그로써 녀석의 약사(略史)는 끝났다. 그러나 옛집 앞마당을 떠올릴 적이면
흰 갈기를 휘날리며 녀석이 뛰어나온다. 경중경중 한달음에 달려들어 막무
가내로 소년의 얼굴과 손바닥을 간질인다. 까마득한 마흔여섯 해 전, 소년
이 지어 준 그의 이름이 덕구(德狗, Dog)다. 그토록 많은 시간이 흘러갔으
나 덕구를 잃은 소년의 애잔한 슬픔은 지금도 그대로다.

♠〈소년과 개(*A Boy and His Dog*)〉, 프랑스 화가 에두아르 마네(Édouard Manet, 1832-1883).

37   옛사랑

복사꽃 짙은 그늘이 고왔다. 난분분 어지러운 향기에 취해 사방이 비틀거
렸다. 그러나 오늘밤 떠나가야 한다고 말했다. 밤기차는 어둠을 가르며 달
려가야 하지만 멀리서도 반드시 돌아오니까. 가난을 떨치기 위해서라면
한낮엔 부지런히 품삯을 벌고 저녁엔 접시와 그릇을 닦고 깊은 밤중엔 책
을 끌어안고서 그리운 얼굴을 애타게 떠올리다가 낯선 도시에서 잠들어야
했으니까. 그러니 달라지는 건 아무것도 없다고 언약했다. 중요한 건 변치
않을 맘뿐이라고 했다. 하지만 그 말이 치명적일 줄은 몰랐다. 보란 듯 성
공해서 의기양양하게 고향으로 돌아오리라 다짐했으니까. 꽃그늘 아래 마
지막 쥔 손은 야속하게 떨고 있었다. 살포시 끌어안으려 했으나 어떻게 감
싸야 하는지, 입술 끝을 대려 했지만 그마저도 어찌할 줄 모르기에 서툴렀
다. 그땐 모든 게 덜 여문 어설픈 풋내기에 불과했다. 그렇지만 진솔했던
마음 하나는 얼마나 간절했던가. 그런 까닭에 세상의 빛깔이 투명하게 불
타올랐다. 하지만 심술궂은 사랑의 신은 우리 편이 되어 주지 않았다. 질
투에 눈먼 그가 못된 주술처럼 아득하게 멀어지게 했다. 눈에서 멀어지면
마음마저 멀어진다던 비루한 말. 서로를 그것의 증인으로 차갑게 돌려세
웠다. 허공에 새겨 버린 한숨이여, 깊은 강을 지으며 흘러간 눈물이여, 이
제와 두고두고 그 약속을 쏟아낸 입술은 뉘우치고 있으리라. 그러나 무엇
보다도 그때의 입술은 백지처럼 순수했으니, 어떤 이는 뜨겁게 꺼지지 않
는 추억의 힘을 여태껏 간직하고 있다. 그것으로 식어가는 생의 열기를 은
근하게 달구리라.

♠〈약속(*The Promise*)〉, 영국 화가 헨리 스콧 듀크(Henry Scott Tuke, 1858-1929).

38   장밋빛인생

그는 친절하며 정직하나 지나치게 과묵하다. 그래서 한나절을 함께 해도 듣는 말이라곤 고작 너댓 마디에도 못 미친다. 그렇듯 그의 사교성은 바닥이어도 그를 따르는 벗들은 다르다. 매월 주기적인 모임 외에도 저들은 자주 만나며 어느 자리에서건 시끌벅적 활기가 가득하다. 어느 때 저들의 대화는 격렬한 논쟁으로 번져 밤새 계속된다. 혁명의 다음 세대로 태어난 저들답게 사회적 문제에 모두가 관심이 높다. 하지만 누가 다음번 선거에서 차기 총리로 선출되건 과다한 액수의 세금을 또다시 탈루하다 적발된 기업이 어디건 그것들은 그의 관심사가 아니다. 그는 누구보다도 보들레르의 시를 좋아하고 르누아르의 그림을 끔찍이 아낀다. 그래서 나갈 때마다 한아름 문예지를 사들고 돌아오거나 이따금씩 열리는 전시회장을 거르지 않고 찾아다닌다. 널찍한 탁자를 사이에 두고 그가 한 줄 한 줄 낭송해 주는 시편들은 경청할 만한 일이나 다음 전시회를 기다리기엔 시간이 너무 멀다고 투덜거리는 그를 이해하기 어렵다. 여유가 된다면 진품 그림을 한 점 구입해 그의 작업실 창가 쪽에 걸어 주고 싶지만 아직까지는 형편이 그렇지가 못해 아쉽기만 하다. 과연 그에게 보들레르와 르누아르와 나, 그중 무엇이 우선일까. 어떤 때는 우습게도 그런 생각이 치밀곤 하나 다 부질없고 치졸한 질문임을 안다. 그러니 당신을 사랑해, 하는 우아한 고백 따위 아직 듣진 못했어도 매혹적인 그의 얼굴을 들여다보는 일은 여전히 근사하다. 그래서 꽃그늘처럼 눈부신 어떤 하루는 과묵한 그의 표정에서 좀처럼 눈을 떼지 못하는 것이다.

♠〈뱃놀이 점심(*The Luncheon of the Boating Party*)〉,
프랑스 화가 피에르 오귀스트 르누아르(Pierre-Auguste Renoir, 1841-1919).

언덕의 모든 꽃들이 수줍게 피어났을 때, 넌 당돌한 질문을 두 번째 물어 왔다. 당신은 왜 날 사랑하지 않죠? 며칠째 거듭된 생각 끝에 난 그 질문이 어리석거나 경솔한 것이 아니라고 결론지었다. 넌 여전히 사랑스럽고 품성이 바르다. 영특해서 많은 것을 알고 있고, 모르는 것은 모른다며 솔직하게 말할 줄 알고, 어떤 스카프든 잘 어울리고, 땀 흘려 돈 벌 줄 알며, 쓸 곳에 적절히 돈을 쓸 줄도 안다. 가만 놔두면 마냥 재잘거리지만 로베르트 슈만의 피아노곡 앞에서는 침묵할 줄 알며, 격앙하긴 해도 곧 차갑게 가라앉힐 줄 알고, 맘속에 새긴 몇 줄의 잠언대로 행동하려 하며, 오래전 먼 시골마을로의 여행길을 낱낱이 기억하고 있다. 우린 덜컹거리는 그 시골길에서 처음 마주친 양귀비과의 여린 꽃잎에 잠깐 입 맞추기도 했다. 누가 먼저인지 모르지만 나란히 화음을 맞춰 비틀스의 〈*From Me to You*〉를 허밍했고, 서로의 어깨에 기대 따스한 눈물을 흘리기도 했다. 넌 포도주글라스를 찌꺼기 한 점 없이 투명하게 닦아낼 줄 안다. 외투를 걸쳐 주려 할 때 다소곳이 두 팔을 벌릴 줄 안다. 무엇보다도 고요가 무엇이며, 그것이 우리에게서 어떻게 달아나지 않고 이어지는지 현명하게 알고 있다. 그러니 무엇이 부족할까, 아직 절반도 모르는 미지의 것이 네 눈망울에 가득하거늘. 예컨대 언덕의 모든 꽃들이 애처롭게 시들 때까지 넌 앞으로도 이백 번 넘게 물어 오리라. 하지만 그때마다 내 대답은 달라지지 않으리라. 아직은 사랑의 때가 아니며, 그것은 어마어마하여 누구도 모르는 일. 그러니 언젠가 내가 같은 질문을 던지는 날이 오기까지 곁에 머물러 있어 주기를.

♠〈양귀비가 피어난 언덕(*Meadow with Poppies*)〉,
헝가리 화가 팔 시네이 메르세(Pal Szinyei Merse, 1845-1920).

40   재단사

일감을 건사할 적마다 그는 사각거리는 소리를 듣곤 한다. 필경 누군가의 영혼이 그 속에 은밀하게 숨어 있는 것 같다. 그러니 자유자재로 가위를 다루면서도 그의 손길은 여간 조심스러운 게 아니다. 그렇듯 세심한 그의 손끝에서 한겨울 추위를 막아 줄 당신의 두툼한 외투가 지어진다. 촘촘한 박음질로 야무지게 마감된 그것은 걸쳐보나마나 당신의 체형에 딱 들어맞으며 점잖게 어울린다. 누구라도 그것에 감탄하지 않는 이가 없으며 탐내지 않는 이 또한 드물다. 경이로울 만큼 그의 목측(目測)은 정밀하다. 정교하고 섬세한 가위질 탓에 어긋나거나 함부로 버려지는 자투리 천 조각을 그의 작업대에서 찾아보기 힘들다. 수고로운 그것이 일의 핵심이자 생명이고 시작이면서 끝이다. 긴 세월 그의 바람이라면, 세상에서 가장 질기며 맵시 있는 옷을 짓는 것. 언젠가 눈앞이 침침해지기까지 손에 들린 작업도구들을 내려놓지 않는 것. 누구라도 한 번쯤 이봐 지오다노, 당신이 간직한 꿈은 무엇인가? 하고 물어오거나 알려고 하는 예는 드물지만 그도 어지간해서는 내색하지 않는다. 온종일 그가 지키는 작업장은 고즈넉하기만 하다. 멀리 우주 끝에서 온 것처럼 사각거리는 소리만이 가득하다. 이따금 그는 동작을 멈추고 그 소리에 젖는다. 그러면서 알듯 말듯 행복한 미소를 짓고는 밀쳐둔 일감을 다시 집어 든다. 어느 샌가 부지런한 가위질 소리는 작업대 앞을 떠나 먼 변방의 우주를 향해 떠나가고 있다. 당신이 즐겨 입는 멋진 셔츠와 바지는 누가 지었는가. 그것에서도 사각거리는 소리가 들리는가. 아주 멀리서 다가왔거나 돌아가려 하는 영혼의 소리가 새어나오는가.

♠〈재단사(*The Tailor*)〉,
이탈리아 화가 조반니 바티스타 모로니(Giovanni Battista Moroni, 1523-1578).

♠〈동전 수집가(*The Collector of Coins*)〉, 덴마크 화가 빌헬름 함메스허이(Vilhelm Hammershøi, 1864-1916).

41   수집가

지금 그의 기쁨은 은밀하다. 아무리 두텁고 막역한 지기라 해도 당신이 그 장면을 지켜보기 힘들다. 그래서 은은한 두 자루의 촛대가 실내를 지킬 뿐. 정숙한 그의 아내라 할지라도 지금 이 순간 그의 방문을 열어서는 곤란하다. 모든 하인들이 일과를 마치는 저녁시간이 되기를 그가 얼마나 기다렸던가. 어느 결에 그것을 지켜보는 눈길이 뜨거워져서 그의 손바닥을 녹여버릴 기세다. 지금 그가 흥분해 있는가. 아니, 그는 충동을 자제할 줄 아는 훌륭한 젊은이다. 얼마든지 분출하는 기운을 억누르며 들끓는 기쁨을 절제할 줄 안다. 익히 당신이 알다시피 그것을 지닌 자는 통틀어 다섯 손가락에 불과하다. 멀리 러시아의 미하일로프 후작과 가까운 동부독일의 베른 공, 그리고 나머지 두 인물은 아직 베일에 가려 있다. 그것을 얻기 위해 얼마나 먼 거리를 가야 했는가. 손수 말안장을 갈아가며 그는 천리가 넘는 길을 달려야 했다. 넘실거리는 한줌의 불빛이 그의 손바닥 위로 쏟아진다. 삼단 같은 머릿결을 뒤로 묶은 여왕의 옆얼굴이 또렷하게 드러난다. 시대에 어울리지 않게 주화(鑄貨)는 정교하다. 공들여 양각을 아로새긴 당시 장인들의 솜씨에 그는 거듭해 탄복한다. 만일 다섯 주화 모두를 자신이 다 소유하고 있는 것이라면, 하고 그는 상상해 본다. 하지만 그에 못지않게 지금 그의 눈빛은 놀람과 즐거움을 감추기가 어렵다. 잠시 타들어가는 입술 끝에 그는 고르게 침방울을 묻힌다. 그러곤 조심스레 그것을 눈 가까이에 가져간다. 이윽고 가슴 쪽으로 끌어와 흥부 복판에 밀착시킨다. 주체할 길 없이 그는 타오르고 있다. 저 조그마한 동전 한 닢이 그의 밤을 불사르고 있다. 그러니 방문을 노크할 기회를 이미 당신은 잃은 것. 어느새 마룻바닥을 울리던 높고 낮은 발걸음 소리들은 사라져 들리지 않는다. 때늦게 용무를 마친 하인이 자신의 방으로 돌아가려면 멀찍이 반대편 복도를 이용해야 하는 탓이다.

42 불안한 잠

누군가 찾아와 당신의 잠을 흔들어 깨운다. 여기 보여드릴 게 있소, 하며 저음의 목소리로 당신 귀에 소곤거린다. 이상하게도 그 속삭임에 당신은 자석처럼 이끌린다. 벗어두었던 외투를 잠옷 위에 얹고는 곧바로 침실 밖으로 빠져나온다. 가지런한 실내의 물건들은 잠들기 전 상태 그대로 흐트러짐 없이 단정하다. 일일이 그것들을 둘러보는 당신에게 저들이 기다리고 있소, 하며 목소리가 재촉한다. 그래서 당신은 현관문을 빼꼼 열어 바깥의 동정을 살핀다. 그러고는 밤의 한적한 거리로 나서지만 어떤 소란과도 당신은 마주치지 못한다. 적막한 골목길은 깊은 어둠 속에 잠들어 있다. 그러나 가야 할 곳이 분명한 듯 당신의 걸음은 단호하다. 아무리 서두른들 당신의 뒤를 따라잡기 힘들다. 목적지에 이르기까지 당신은 몇 번인가 골목을 꺾어 돌았고, 마침내 어느 숲가에 가까스로 닿았다. 그러자 당신은 크게 안도한다. 잔잔한 호수의 물결과 마주한 듯 당신의 얼굴은 평온하면서도 무표정하다. 하지만 어느새 숲의 나무들을 하나씩 헤아리며 당신은 무작정 걷고 있다. 그러면서 어떤 악령도 감히 이곳까지 찾아오지 못하리라 확신한다. 몇 번씩이나 그렇게 중얼거리는 당신의 밤은 지극히 짧다. 새벽이 찾아오기 전 서둘러 돌아가야 한다. 어떻게 침실로 돌아오게 되었는지 당신은 기억하지 못한다. 물으려 해도 목소리의 주인공은 연기처럼 사라져 버리고 없다. 머리맡의 물잔을 집어 들어 적당히 입술을 적신 후 당신은 얌전하게 침대 속으로 들어간다. 이내 곯아떨어진 당신의 얼굴은 모처럼 불안이 가신 듯 충분히 편안해 보인다. 그렇기에 또 다른 목소리가 방문하기 전까지 당신이 깨어날 이유는 말끔히 제거되었다.

♠〈악몽의 행로(*Path of the Nightmare*)〉,
라트비아 화가 예제프스 그로스발디(Jazeps Grosvalds, 1891-1920).

♠〈밤의 쇠르펜베르크성(*Burg Scharfenberg at Night*)〉,
독일 화가 에른스트 페르디난트 외메(Ernst Ferdinand Oehme, 1797-1855).

43 은둔의 성

한밤중 급히 말을 몰아가는 이 누구인가. 하룻밤 묵을 곳을 찾는 나그네인가, 거기 은둔해 사는 괴팍한 성주인가. 스산한 저곳에 누가 살고 있어 저리도 불이 환한가. 만일 성채 앞에 당도한 이가 타지의 나그네라면, 그는 불운하다. 이제 곧 등불을 켜든 늙수레한 하인이 나와 퉁명스럽게 그를 맞이하리라. 피곤에 지친 그의 말을 재촉해 마구간에 처넣고 졸음에 겨워하는 그를 마지못한 듯 객실로 안내하리라. 그런데 침울한 복도를 걸어 숙소로 나아가는 길은 좁고 어둡다. 그곳을 지나쳐 가파른 나선형 계단을 따라 내려갈수록 목적지는 아래의 지하로 향한다. 딸깍, 출입문이 닫히고서야 나그네는 자신이 갇혀 버렸음을 실감한다. 아무리 두드려도 사방의 벽은 두껍고 견고하다. 안타깝게도 허둥거리는 그의 목소리는 밖으로 빠져나가지 못한다. 비로소 그는 경솔했음을 인정한다. 길을 잘못 몰아 온 자신의 말을 탓하며 때늦게 후회한다. 그러나 절망하는 이여, 아직 그대에게 기회가 있다. 그대가 낙천적이며 너른 세상을 떠돌며 얻어 들은 무진장한 이야기를 지닌 것이라면, 살아서는 누구도 빠져나오지 못한 그곳을 헤쳐 나오게 되리라. 일찍이 백 년 전, 사랑하는 외동딸을 잃은 그곳 성주는 바깥출입을 삼간 지 오래다. 하지만 그대가 풀어놓은 낭만적인 무용담에 늙은 성주는 잃어버린 웃음을 되찾게 될지 모른다. 벌써 몇 병째인가 붉고 향기로운 포도주를 비워내며 지금 두 사내는 나란히 취해가고 있는 중일까. 그러나 알지 못한다. 그곳에 누가 살며 어떤 일로 밤의 방문객이 다가왔는지. 한낮에도 기척이 끊긴 성은 음산하며 을씨년스럽다. 아무도 다가오지 못하도록 두터운 성문을 닫아걸었다. 대체 누구를 기다리기에 한밤중 저 창들은 고스란히 불을 밝혔을까. 불길한 구름 사이로 뜬 별들은 백 년 전에도 성채를 비추었을 테지만, 고집스럽게 알 수 없는 비밀을 품은 저 성은 나날이 쇠락해가고 있다.

44   탄생

깊은 잠에서 깨어났을 때 그가 날 어루만지고 있었다. 덕지덕지 진흙 반죽을 이어 붙이며 내 몸뚱이를 만들어가고 있었다. 소스라쳐 난 깨어나려고 했지만 그런 나를 그가 억센 힘으로 제지했다. 그는 마지막으로 숨을 불어넣기 위해 열중하고 있는 듯했다. 들릴락 말락 헐떡거리는 그의 숨결이 아주 미약하게 내 정수리 근처에서 느껴졌다. 잠시 후 그가 눈을 뜨라고 외쳤다. 그때 스르르 내 동공이 열렸으며, 저 멀리서 찬란한 여명의 빛이 반짝거렸다. 그가 다시 소리쳐 일어나 걸으라고 내게 열광적으로 명령했다. 그러자 내 몸은 벌떡 일어서더니 몇 걸음을 이미 가볍게 걸어 나갔으며, 그때 난 어디로든 미치도록 달려나가고 싶은 충동을 무겁게 억눌러야 했다. 유일무이한 창조주로서 그는 모든 것에 만족한 듯 잠시 의미심장한 미소를 지었다. 마침내 완벽하고 훌륭하게 제 할 일을 다 마친 듯 자신의 손바닥에 들러붙은 흙먼지를 탁탁 털어냈다. 그러고는 널 아담(阿潭)이라 이름 지었으며, 이 낙원이 네가 살 곳이라고 말하고는 냉담하게 그 자리를 떴다. 하지만 아무리 둘러보아도 그곳은 형편없는 황무지에 불과했다. 그가 빚다 버린 몇 덩이의 흙 반죽으로 무엇을 할 수 있겠는가. 모든 것이 막막했지만 그렇다고 그대로 있을 수는 없었다. 잠시 궁리한 끝에 난 스스로를 사람이라 부르기로 마음먹었고, 그 순간 알 수 없는 벅찬 감정에 휩싸였다. 그래서 자유롭게 두 팔을 내저으며 막 태양이 떠오르고 있는 낙원의 지평선을 향해 힘차게 걸어나가기 시작했다. 그때 어디선가 한 줄기 시원한 바람이 불어와 그가 내 뒤를 묵묵히 지키고 섰음을 깨닫게 했다.

♠⟨아담의 창조(*The Creation of Adam*)⟩,
이탈리아 화가 조반니 베네데토 카스틸리오네(Giovanni Benedetto Castiglione, 1609-1664).

45   목발의 바다

목발의 소년이 바다에 왔다. 모래톱에 부서지는 파도가 두근거리는 소년
을 맞았다. 처음 바다를 본 소년은 자신의 눈을 의심하지 않을 수 없었다.
눈앞에 드러누운 검푸른 바다가 아주 커다란 울음보 같았다. 산산이 스러
지는 물거품들이 거푸거푸 울음소리를 냈다. 뒹굴고 휩쓸리는 모래알들
도 서걱서걱 구슬프게 울고 있는 듯했다. 꼭 걸음을 옮길 때마다 딸깍거리
는 자신의 목발 같았다. 싫어도 목발을 디디며 어딜 나서건 소년은 그것
에 의탁해야 했다. 마냥 조심스러운 발자국소리가 그에게는 흐느끼는 울
음소리와 다르지 않았다. 간혹 부주의하게 울리는 그것의 소리가 늘 거슬
렸다. 그래서 빼먹지 않고 새벽 봉헌미사를 거들 때에도, 늦저녁 종무학습
서를 품에 끼고 수도원의 좁고 기다란 복도를 지나칠 때에도 주위에 기척
이 있나 없나 조심스레 살펴야 했다. 그렇지만 바다는 거침없이 울고 있었
다. 아무렇지도 않게 모래톱을 뒹굴며 들썩들썩 울먹이고 있었다. 누군가
지켜보든 말든 바다는 상관하지 않았다. 그래서 소년은 놀랐다. 놀란 눈을
비비고 또 비볐다. 태어나 처음으로 자신보다 더 많이 우는 존재가 있음을
비로소 알았다. 어쩌면 저토록 씩씩하게 울 수 있는가. 그래서 저 바다는
겹겹의 상처로 깊고 파란가. 이윽고 소년은 거추장스런 목발을 집어던지
고 시퍼런 바닷물 속으로 힘차게 뛰어들었다. 그러곤 그곳에서 영원히 알
수 없을 것 같은 커다란 분노를 씻고 또 씻었다.

♠〈슬픈 유산(*Sad Inheritance*)〉,
스페인 화가 호아킨 소로야 이 바스티다(Joaquin Sorolla y Bastida, 1863-1923).

46   형벌

안간힘을 다해 돌덩이가 든 자루를 끌어올려야 한다. 그렇지만 묵직한 돌
자루는 산정에 다다르는 순간 바닥으로 굴러 떨어진다. 그것이 사내들이
처한 큰 불행이다. 예외 없이 이곳의 사내들은 누구라도 그 커다란 불행을
안고 살아간다. 아무리 기진맥진해져도 쓰러져 눕지 못하는 그들의 비극
적인 노역은 거듭된다. 그렇게 거듭해서 무거운 돌덩이를 필사적으로 끌
어올리도록 지시한 이가 누구인가. 하물며 애써 끌어올린 돌덩이들은 왜
바닥으로 헛되이 내동댕이쳐지는가. 왜 그런지 사내들은 그 까닭을 알지
못한다. 단지 그들이 아는 건 산정 높은 곳으로 돌덩이를 끌어올려야 한다
는 것이며, 그렇기에 자신들이 힘겹게 끌어올린 돌덩이가 속절없이 천 길
바닥으로 떨어지는 것을 묵묵히 지켜볼 따름이다. 그래서 깊은 꿈속에서
도 그들은 기를 쓰며 무거운 돌덩이를 끌어올린다. 커다란 돌덩이가 떨어
져 나락의 바닥에 부딪치는 소리에 소스라쳐 꿈을 깬다. 그러니 이보다 더
무섭고 가혹한 형벌은 어디에도 없다. 그러나 이보다 더 놀랍고 잔인하며
안타까운 사실은 죽었다 깨어난다 해도 이것이 형벌이란 걸 그들이 아직
제대로 모르고 있다는 것이다.

♠단테의 『신곡』 중 〈지옥편〉 삽화, 프랑스 화가 귀스타브 도레(Gustave Doré, 1832-1883).

47   불의 얼굴

그의 표정은 단호했다. 허물지 못할 비장한 결의가 가득했다. 전적으로 자신의 행동을 책임지리라, 어떤 처벌이든 모두 감내하리라 다짐한 얼굴. 그런 낯빛으로 그는 굳게 닫힌 불의 곳간 문을 활짝 열어젖혔다. 그러곤 추호의 망설임 없이 들고 간 횃대에 불을 붙였다. 누구도 제지할 틈이 없을 만큼 그의 행동은 민첩했다. 약탈자를 뒤쫓을 신들이 깨어나기엔 이른 새벽이었다. 이대로 붙잡힌다면 하는 생각이 치밀어 잠시 손끝이 가늘게 떨렸으나 그는 조금도 두렵지 않았다. 유일한 그의 우려는 횃대의 불이 꺼져서는 안 되는 것뿐. 서둘러 그는 여명의 구름장을 뚫었고, 하계로 내려와 세상 곳곳에 불을 전파했다. 마침내 체포되어 신의 가혹한 형벌을 떠안기 전까지 그 일에 전념했다. 그로써 아름다운 불꽃이 지상 전역에서 타올랐다. 그것이 어둠을 내모는 놀라운 장관을 누군가 구름장 뒤편에서 묵묵히 내려다보았다. 마찬가지로 형벌의 현장 코카서스 산정에서 그도 그 광경을 똑똑히 지켜볼 수 있었다. 사나운 독수리들이 매일 날아와 살점을 날카롭게 쪼아댔으나 그는 전혀 개의치 않았다. 갈증과 허기가 맹렬히 밀려들었으나 그것들조차도 그를 회개시키기에는 터무니없이 부족했다. 그렇게 신과 사람 사이를 가로막은 경계의 담이 허물어졌고, 그는 육신에 부과된 종신의 형벌로 그것과 맞바꾼 것에 대단히 흡족해 했다. 그러나 그뿐, 여전히 아무도 돌보지 않는 높은 산정에 그는 고독하게 내버려져 있다. 이따금 사그라지는 불꽃 속에 형형한 그의 얼굴이 그림자처럼 잠시 얼비칠 뿐.

♠〈불을 나르는 프로메테우스(*Prometheus Carrying Fire*)〉,
네덜란드 화가 얀 코시에르(Jan Cossiers, 1600-1671).

48   미약한 앎

알아갈수록 오히려 당신은 불안하다. 풀어야 할 난제가 마침내 바닥나는 것이 아닌지 두렵다. 아니, 자신보다 더 많은 문항을 푼 명석한 이들이 이미 존재했으며, 어떻게 해도 앞서간 저들을 끝내 따라잡을 수 없는 것인지 지독하게 우울하다. 그래서 당신의 얼굴은 잔뜩 상기되었다. 일순간 시기와 질투로 뒤엉킨 머릿속이 복잡했지만, 가까스로 찡그렸던 표정을 펴고 냉정한 질문을 스스로에게 퍼붓고 있다. 자신의 부족한 지식이 어디에 미쳤는가. 무엇이 앎의 바닥이며, 대저 그 끝이 어딘지 거듭 되묻고 있다. 그렇듯 당신에게 세계는 알아가야 하는 것들의 의문투성이. 수두룩한 물음들로 이루어진 이 세상이 때론 달콤한 충일감에 젖게 만들지만, 어느 땐 반대로 몰아세우기도 한다. 그러니 오늘도 당신은 골똘해 있으며, 떼려야 뗄 수 없는 궁리는 다름 아닌 필생적 과제. 그렇기에 저토록 영원히 풀 수 없는 단 하나의 문제가 솟구쳐 주기를 간절히 바라고 있는 것. 아무리 억겁의 시간이 흐른들 그것을 풀 수 없다면 얼마나 행복할까 하는 상상에 온통 몰입해 있는 것. 아니, 저 갈망 끝에 드디어 풀 수 없는 단 하나의 난제를 얻어 단단한 자세로 굳어버린 것은 아닐까. 흔들림 없는 그것이야말로 앎의 태도임을 은연중 암시하고 있는 것이 아닐까. 당신이 궁리하는 한 좌절과 즐거움이 서로 다르지 않은 한 몸이며, 마침내 저 물음이 고갈되는 최후가 오기 전까지는 결코 부동의 자세를 풀지 않으리라고. 오로지 그것만이 당신을 충족시키는 유일한 탐구 방식이었으니.

♠〈멜랑콜리아 1(*Melencolia I*)〉, 독일 화가 알브레히트 뒤러(Albrecht Dürer, 1471-1528).

49 밤의 여왕

매일 밤 당신께서 놀라운 이적(異蹟)을 행하신다. 조각조각 어둠의 장막을 이어 거대한 휘장을 펼치시고는 한낮의 밝음과 소란을 아주 먼 땅으로 유배시킨다. 그러는 당신의 동작은 침착하고 빈틈없으며 우아한 기품이 흘러넘친다. 절대적인 당신의 명령에 누구나 하나같이 고분고분하다. 모두가 잠시라도 안식과 평온을 꿈꾸어 온 때문이다. 그렇게 세상의 밤은 당신에게서 비롯된다. 흔쾌히 당신께서 쏟아붓은 몇 줌의 영롱한 별빛과 함께 지상에 평화로운 잠이 당도한다. 달고 안온한 그 잠에 누구든 흠뻑 취해 버리지만 가난한 몇몇 시인들은 깨어 있다. 늦은 밤 저들은 삐걱거리는 탁자 위에 조심스레 밤의 노트를 펼쳐든다. 그러곤 때가 오기를 무던히 참고 기다렸다는 듯이 당신의 업적을 기리는 밤의 시편들을 빼곡히 기술해 간다. 그것이 저들의 책무며 누구도 대신할 수 없는 소임임을 당신께서 모르실 리 없다. 왜 밤이 깊어갈수록 저들의 펜이 더 예민해지는지. 사각거리는 그것이 무엇을 통찰하며 고뇌하는지. 제 아무리 시간이 흐른들 지워지지 않을 어떤 노래들을 적어내려 가는지. 그렇기에 잠들지 못하는 저들로 인해 당신의 밤은 찬양되며 신중하면서도 고요하게 깊어간다. 그래서 당신은 떠나시기 전 마지막으로 지상을 휘둘러 살핀다. 그러곤 저들의 영감이 바닥나지 않으며 보다 더 함양될 수 있도록 아낌없이 허공의 주머니를 끌러 반짝거리는 몇 줌의 별들을 흩뿌려 놓는다. 경이로운 그것이 매일 밤 거듭되는 당신의 치적이며 모두가 그 손길 아래 보호받고 있음을 어찌 누가 모르겠는가.

♠〈밤(*Night*)〉, 영국 화가 에드워드 번 존스(Edward Burne Jones, 1833-1898).

♠〈혼벡에서 온 어린 소녀(*Little Girl from Hornbæk*)〉,
노르웨이 화가 페더 세베린 크뢰이어(Peder Severin Krøyer, 1851-1909).

50   엄마 없는 하늘 아래

하늘이 감복해 도왔으리라. 그러지 않고서야 있을 수 없는 일이다. 마을 다섯을 헤쳐 혈혈단신의 소녀가 이곳에 닿았다. 마을 하나를 지나기도 어려운 일인데, 무려 마을 다섯이라니 도무지 믿기지 않는다. 그 마을 각자가 얼마나 크고 번화한가. 수백의 거리와 수천의 민가, 수천의 상점과 수만의 인파가 밀집한 곳이 하나의 마을이 아닌가. 누구도 믿지 못할 기적을 행한 소녀가 힐데이다. 엄마를 찾아 힐데는 그곳 모두를 헤쳐 왔다. 그뿐이랴, 마을과 마을 사이는 얼마나 멀고 험한가. 발길을 꺼리는 그곳에 흉악한 도적 떼와 사나운 맹수들이 어슬렁거리고 있다. 그것 말고도 그곳을 지나려면 뜨거운 모래사막과 거친 가시덤불과 삼킬 듯 넘실거리는 큰 물줄기의 강을 건너야 한다. 건장한 네다섯의 사내가 합심해 장애를 헤친다 해도 쉽사리 빠져나오기 힘든 험로다. 하지만 힐데는 그곳을 다 지나쳐 용케 이곳에 닿았다. 그러나 아직 엄마를 만나지 못했다. 엄마는 힐데를 두고 일자리를 찾아 떠났다. 그래서 거리와 골목을 뒤지며 엄마의 행적을 좇고 있다. 사정을 아는 누구라도 속히 힐데가 뜻을 이루기를 바란다. 이곳의 사람들이 자발적으로 나서 힐데를 먹이고 재우며 보살피고 있으니 나로써 할 수 있는 일은 이 글을 쓰는 것뿐이다. 그러나 세상은 얼마나 넓고 거친가. 아무리 앞장서 하늘이 도운들 열 마을 스무 마을을 모질게 헤매야 할지도 모를 만큼. 그런 까닭에 고민이 깊다. 이 글의 완결보다도 힐데의 바람이 매듭 될 수 있을까 걱정스러운 것이다. 안타까움에 속을 끓이거나 눈시울을 적실 독자여, 당신들 모두가 염원하는 것과 마찬가지로 난 믿으며 알고 있다. 힐데처럼 깊고 초롱초롱한 눈망울을 지닌 소녀라면, 백 마을이 아니라 천 마을을 건너서라도 엄마 품에 안기리라는 것을. 이 글이 다 쓰이기 전 분명코 그리 되리라는 것을. 그러니 힐데는 오늘도 어딘가를 씩씩하게 걷고 있을 것인데, 마주치는 당신께서 따스한 눈인사쯤 잊지 않으시기를.

51   코니의 책

그건 코니의 책이오. 코니는 그 책 외에 다른 책은 빌리지 않소. 그건 코니의 책상이오. 그 책 외에 코니가 다른 걸 거기 놓아둔 걸 본 적이 없소. 그런데 그 책은 아직 읽히지 않았소. 그건 코니가 아직껏 읽지 않은 때문인데 그래도 그 책은 반납일이 되면 어김없이 반납되오. 이유라곤 코니가 그 기한을 어기지 않는 까닭이지만 이튿날 그 책이 다시 책상에 놓이니 그건 코니가 또다시 그 책을 빌려오기 때문이오. 그러니 그 책은 줄곧 코니의 책상에 놓여 있다가 반납일이 다가오도록 한 쪽도 읽히지 않았다가 제 날짜가 되면 어김없이 반납되었다가 다음날 다시 그 책상에 놓이는 것이오. 그 책의 그런 경로를 아는 건 세상에서 코니와 나뿐, 어쩌다가 코니가 몹시 바쁠 땐 내가 자전거를 타고 도서관에 나가 그 책을 대신 반납할 때도 있소. 그럴 때도 그 책은 이튿날이면 책상에 다시 놓이니 그걸 찾는 독자는 오직 코니뿐, 그 책의 대출이력카드에서 코니 외에 다른 이의 이름은 찾을 수 없소. 그런 점에서 그 책이 특별할 수 있고 코니의 행동이 유별날 수 있지만 무엇 때문에 전혀 읽지도 않는 책을 부지런히 빌려오는 거요? 하고 물으려다가 아직 묻지 않았소. 그랬다면 그건 아직 읽을 때가 아니에요! 하는 대답이라도 듣게 되었을지 모르지만 난 그 책이 언제까지 코니에게 읽히지 않으리라고 의심하지 않소. 그러니 어느 땐 그 책이 코니라는 단 하나의 독자를 위해 쓰인 것은 아닐까 하는 생각이 들기도 하는 것인데, 미처 우리가 알지 못하는 세상 어딘가에 그런 책이 있기라도 한 것이며, 과연 읽기를 기다리는 책과 읽을 때를 기다리는 이 중 누구의 인내가 더 오래일까 궁금했던 게 이 글을 쓰도록 부추겼지만, 그 답을 얻기엔 아직 조금 때가 이른 듯하오.

♠〈독서하는 소녀(*A Girl Reading*)〉,
독일 화가 구스타프 아돌프 헤니히(Gustav Adolph Hennig, 1797-1869).

52   무심코 지나간 바람

언제나 그의 걸음은 늦다. 달그락거리며 저녁끼니를 씻어 앉히거나 흐린 등을 문설주에 내걸 때쯤 뒤늦게 찾아온다. 그러곤 마지못해 뾰루퉁한 입술을 연다. 야박하고 퉁명스런 어투로 당신을 윽박지르려 한다. 모든 게 당신의 불찰이었다. 매번 당신에게서 불화가 비롯되었다. 그래서 참담하게 그의 마음이 부서졌다. 봉합되기 어려운 산산조각 난 심정이 기어코 문을 박차고 뛰쳐나가게 했다. 그렇게 저물녘 후회는 다가와 속닥거린다. 막무가내로 당신만이 옳은 게 아니었으니, 이제라도 우기거나 고집부릴 일이 아니었음을 인정한다면 당장 달려가 사과해야 한다고. 왠지 솔깃하지만 당신은 잔뜩 뜸을 들이듯 망설인다. 외면하거나 거절하려는 건 아니어도 털실뭉치를 만지작거리며 뜨다만 스웨터의 바늘코를 이어나간다. 그러지 않아도 그가 아니 돌아올 리 없다. 순간적으로 화가 치밀었을 뿐 그는 졸렬하거나 편협한 사내가 아니다. 곰곰 되짚어보아도 축사의 가축들에게 여물을 주어야 하는 일을 거를 그가 아니다. 늦게라도 비탈 쪽으로 풀어둔 염소들을 거두어 몰고서 돌아오리라. 뙤약볕에 일찍 여문 낟가리를 한 짐 가득 짊어지고 돌아와 문가에서 두어 번 헛기침을 낼 것이다. 그러나 아무리 내다보아도 빈 기척뿐. 어둑어둑 저물도록 지나는 건 휑한 바람소리뿐이다. 까맣게 타들어가는 마음을 어떡하나. 불안한 상상으로 동동 발을 구른다고 무엇이 달라지나. 짓궂게도 거푸 헛걸음치게 만드는 바람아, 넌 아니? 싱겁게 문짝을 건드리고 지나는 게 얼마나 무례하고 괘씸한 소행인가를.

♠〈틀림없이 그가 돌아올까?(*Surely He Will Come?*)〉,
덴마크 화가 크리스틴 달스가드(Christen Dalsgaard, 1824-1907).

53 빛의 제국

불의 전차를 대령하라. 한낮의 대왕께서 제국을 순행하실 시각이다. 지치지 않는 열두 마리의 천마들은 달릴 채비가 되었는가. 친히 대왕께서 제국의 너른 영토를 돌며 빛의 은덕을 골고루 베푸실 때다. 그것이 대왕의 통치이다. 제국을 북돋우는 강력한 왕권이다. 그로써 제국은 융성하며 나날이 발전한다. 마땅히 흔들리지 않는 반석 위에 우뚝 선다. 빛의 신하된 자들은 하나같이 헤아려 들을 줄 안다. 누구보다도 저들은 예의바르며 정의롭다. 태양의 단을 쌓아 제를 올리는 일에 소홀함이 없으며, 더욱이나 시민들의 목소리를 경청하는 소임에 더할 나위 없는 열과 성의를 바치고 있다. 그렇기에 제국의 농부들은 바지런하며 땀의 대가를 따른다. 상인들은 셈이 올바르며 긍정적인 이익만을 추구한다. 군인들은 용맹하며 충성스럽고 만반의 대비에 철두철미하다. 그들의 아이들은 빛의 학교에 나가 빛의 경전을 익히며 장차 제국을 이끌 튼튼한 재목이 된다. 그토록 제국의 앞날은 밝다. 세세년년 대왕의 치세는 계속된다. 당신께서 돌보시는 한 누가 이곳을 침탈할 수 있으랴. 그럼에도 이따금씩 빛을 증오하는 그릇된 무리가 있어 어리석게 도발해 오지만, 즉각 대왕의 불화살에 눈이 멀어 그늘진 음지로 퇴각하고 만다. 이곳은 광영스런 빛의 땅, 절대 칙칙한 어둠의 세력이 발을 들여놓을 수 없다. 누구라도 빛의 율법을 따르며 빛의 가치를 숭상하는 땅. 고른 빛의 혜택 앞에 저들은 모두가 공평하며, 보다 막강한 제국을 기원하는 저들의 찬란한 꿈을 어느 누구도 앗지 못한다.

♠〈정오의 화신 헬리오스(*Helios as Personification of Midday*)〉,
독일 화가 안톤 라파엘 멩스(Anton Raphael Mengs, 1728-1779).

54 멈추지 않는 풍차

라만차는 시골의 아주 작은 도회지에 불과했다. 절대로 원대한 모험가를 가둘 곳이 못되었다. 그래서 그곳을 벗어나 큰 무대로 나아가려 한 저들의 시도는 옳았다. 그렇기에 저들의 여행은 유익하며 충분히 만족스러울 수 있었다. 발 닿는 곳곳, 도탄에 빠진 백성들이 저들을 기다리며 아우성치고 있었다. 탑 속에 홀로 갇힌 둘시네아 공주는 깊은 시름에 잠겨 있었다. 그렇지 않더라도 저들의 어깨는 근질거렸고 서슬 퍼런 정의의 창검은 울부짖고 있었다. 마땅히 불의를 외면하고 지나쳐 버리는 건 목숨처럼 명예를 아끼는 귀족의 자세가 아니었다. 그래서 저들은 검을 빼들었다. 단단히 악행을 꾸짖고 벌주려 했다. 하지만 의외로 악인들은 강했다. 뜻밖에도 거대한 풍차로 변신을 거듭하며 저들의 창검을 모조리 가로막았다. 그래서 밥 먹듯 떠안은 패배가 몇 번인가 일일이 다 세기 어렵다. 꺾인 창검을 끌어안고 쓸쓸히 퇴각했던 경우도 그러하다. 저들에게 승리란 요원하며 지난한 일, 나무에 주렁주렁 물고기가 열리길 기다리는 것만큼이나 버거운 일. 그러나 굴하지 않은 행동만으로도 저들은 많은 약자에게 용기와 희망을 던져주었다. 구차하게 목숨을 구걸치 않았던 저들의 기상에 모두가 아낌없는 박수를 보냈다. 그렇기에 저들의 귀환은 신중치 못했다. 예기치 않은 손실과 과제를 우리에게 떠안겼다. 제 아무리 기운차게 풍차가 돈다한들 어찌 저들의 퇴장만을 탓하며 슬퍼하랴. 아직 우리의 귓가에는 악덕지주를 꾸짖는 저들의 준엄한 목소리가 쟁쟁하거늘. 그러니 라만차의 용사들이여, 그만 탄식을 멈추고 시름을 거두라. 언젠가는 저 풍차가 딱 멈춰 서리니, 거듭해서 당신들의 무용담이 회자되는 한 그때가 멀지 않았다.

♠〈풍차를 향한 모험(*The Adventure with the Windmills*)〉,
프랑스 화가 귀스타브 도레(Gustave Doré, 1832–1883).

55   아비

당신의 삶은 묵묵했고 강건했다. 어느 하루도 대지의 숨을 불어넣는 일에 인색하지 않았다. 전혀 서두름이 없던 당신의 낫질을 기억한다. 그칠 줄 모르고 신중히 사각거리던 그것의 소리는 만종 무렵에야 겨우 멈추었다. 멀리서 다가오는 종소리를 향해 당신께서는 가만히 두 손을 모으셨다. 굳건한 대지의 신도로서 나직이 고개를 숙이셨다. 그렇게 저물녘 당신은 대지를 향한 감사의 경배를 잊지 않았다. 그로써 하루의 일과에 충실했으며 자신의 식솔을 사랑함을 대지 위에 낱낱이 토로했다. 그러는 당신의 품에서는 늘 건초 향기가 가득했고 소년은 끔찍이도 그 냄새를 사랑했다. 언제든 소년의 눈을 오래도록 들여다보기를 좋아하신 당신의 눈. 무언가 부족한 것은 없느냐 물으시던 당신의 눈빛을 아직 기억한다. 그러곤 한 올도 빠짐없이 다 헤아리려는 듯 소년의 머리를 끌어안아 보듬으셨던 당신의 손은 거칠며 투박했으나 무엇과도 견줄 수 없는 따스한 온기를 품고 있었다. 어느 하루라도 당신께서 그 일들을 거른 적이 있었는가. 그토록 대지와 식구에게 바친 당신의 삶은 언덕 너머의 종소리처럼 경건했고 은은했다. 난 당신에게서 땀방울의 숭고함을 깨우쳤고, 온몸을 적시는 그것이 삶이란 걸 알게 되었다. 또한 당신으로부터 범사에 감사 드려야 함을 체득했다. 그리고 마지막으로 당신께 침묵이라는 신비의 언어를 배웠다. 고작해야 당신에게 물려받은 유산이라곤 그것들이 전부이지만, 그중 어느 것도 세상의 무엇과도 바꿀 수 없는 것들임을 안다. 그렇기에 아주 먼 시간이 흘러간 지금 이따금 그것들을 실천하며 당신을 추억하는 것이다. 낡은 탁자 위에 놓인 성경 한 권과 멈춰선 손목시계, 이끌리듯 간간히 당신이 아끼던 유품들을 만지작거리며.

♠〈저녁종(*The Evening Bell*)〉, 오스트리아 화가 요제프 킨젤(Josef Kinzel, 1852-1925).

56   구석

쫓기듯 불안한 밤이다. 사소한 기척에도 모두가 놀라 촉각을 곤두세운다. 구석진 이곳이라고 해서 안심하기는 이르다. 하찮으나 치명적인 실책 하나가 조직의 존립을 위태롭게 할 수 있다. 잔뜩 숨을 죽이며 쫑긋 귀를 치켜세우는 게 그래서다. 하지만 오늘밤 이곳에서 모두를 놀라게 할 권리장전(權利章典)이 씌어지리라. 그것은 참된 노동과 배분에 관한 최초의 선언일 것이며, 땀의 가치와 존엄을 기리는 고귀한 노래가 되리라. 그것으로 거대 기계자본과 대항할 것이다. 불의와 차별로 얼룩진 지난 시절의 과오를 응징할 것이다. 누구에게나 기회가 균등해야 한다. 과정이 공정하며 결과가 정의로운 삶이어야 한다. 우리가 바라는 건 단지 그뿐. 적어도 우리는 함부로 부리는 마소가 아니다. 지치거나 쓰러지더라도 쉬지 않고 돌아가야 하는 톱니바퀴가 아니다. 그렇지만 저들의 방해는 집요하고 치밀하다. 상생과 화합 따위는 저들의 안중에도 없다. 꿈틀거리는 새로운 변화가 저들은 낯설고 두렵다. 그러니 더욱더 우리가 하나로 뭉치는 걸 껄끄러워한다. 갈수록 우리가 깨어나는 게 두렵기에 점점 더 구석으로 내몰려고 한다. 언제까지고 저들에게 속을 수는 없다. 짙은 밤의 어둠이 언제 걷히려는가. 왜 여전히 우리의 자리가 구석이어야 하는가. 탁자를 비추는 천장의 전등은 어둡고 위태로워 보여도 우리의 의식은 밝고 또렷하다. 그것이 이곳을 벗어나게 하리라. 마침내 우리를 광장으로 나아가게 하리라. 그러나 아직은 깊고 어두운 밤. 깜깜한 그것의 자락이 누구도 헤쳐 나오기 힘든 올가미의 그림자를 짙게 드리우고 있다.

♠〈공모(*Conspiracy*)〉, 독일 화가 케테 콜비츠(Kathe Kollwitz, 1867-1945).

57　배달부

비탈길에서 그의 수레는 심하게 덜컹거린다. 갈림길에서 잠시도 망설이지 않고 길을 헤쳐 나간다. 짐이 줄어들수록 바퀴소리가 더 요란하나 그의 걸음은 가볍다. 소란스러운 그 소리를 벗 삼아 얼마나 분주히 이 길을 오갔던가. 눈을 꼭 감고서도 뒤셀도르프 성당의 뒤안길은 꿈결처럼 익숙하다. 세상을 잇는 길들이 곧고 너르며 평탄할 뿐이겠나. 때론 서둘러 진창길을 가로지르고 끙끙거리며 가파른 고갯마루를 넘어서야 한다. 그로써 마을 사람들 누구나가 우유의 혜택을 입으며 건강해지고, 푸근한 저녁식탁에 향기로운 치즈 조각을 올릴 수 있다. 누가 그걸 대신할 수 있을까. 그것이 그의 수고요 보람이며 막다른 곳 어디에도 쉬운 길이 없음을 일깨웠다. 어느새 이르게 올해의 성탄 전야가 코앞에 다가왔다. 마을의 어른 아이 할 것 없이 성소에 나가 경건한 촛불을 켜들어야 한다. 그때 부를 성가곡의 후렴구를 되뇌며 덜컹거리는 수레는 자갈투성이 언덕길을 지치지 않고 오른다. 당신에게 힘센 소가 없다면 구유는 깨끗하나 논밭을 갈아엎기 어렵네! 오오 그렇지 않은가! 오오 그렇지 않은가! 자꾸만 시간이 지체되는 건 말썽꾸러기 어린 노새가 웃자란 엉겅퀴 이파리를 좋아하는 탓이다. 하지만 녀석이 좋아하는 걸 그는 심하게 나무라지 못한다. 연신 목에 단 방울을 후렴구처럼 짤랑거리는 녀석이 그가 목숨보다도 아끼는 전 재산이기도 한 까닭이다. 아무리 재촉하며 어르고 야단 쳐봐도 곧바로 달려 나갈 기척이 아니어서 녀석이 밉고 야속하다. 그래서 고개 너머 마지막 고객인 요제프 영감의 고약스런 호통소리가 조금은 염려되는 것이다.

♠1872년경 독일 주간지 〈가르텐라우베(Die Gartenlaube)〉의 화보, 그림 제목 및 작가 미상.

58   동행자

힘겨워하던 시절의 당신을 기억한다. 무거운 어깨를 늘어뜨리고 잔뜩 풀이 죽어 당신은 돌아오곤 했다. 거듭된 일들이 뜻대로 풀리지 않았다. 그때 당신의 행로는 거의 진창이었다. 그래서 당신은 많이 아파했다. 뒤척이며 깊은 잠을 이루지 못했다. 때론 아무도 알지 못하는 굵은 눈물을 밤새 쏟기도 했다. 안쓰러운 그 얼굴을 제대로 바라보기 힘들었다. 하지만 당신은 누구도 탓하지 않았다. 굴하거나 비틀거리지 않고 스스로 일어나 다시 똑바로 걸었다. 그렇게 당신은 만류와 타협하지 않았다. 어떤 안일도 제지도 당신을 회유하거나 설득시키기엔 부족했다. 그러나 당신에게 힘겨운 불운만이 점철되었던 것은 아니다. 의욕과 활기가 넘치던 시절의 당신을 기억한다. 그때 열어젖히지 못할 길이 당신에게는 있지 않았다. 당신은 깊고 검은 눈망울을 지닌 소년처럼 씩씩했고 쾌활했다. 그래서 가늠되지 않는 전망 부재의 험로를 마다하지 않았다. 오히려 질긴 쇠가죽처럼 고집스럽게 걸었다. 그렇게 주저 없이 열어온 길이 얼마이던가. 아주 오랜 시간, 당신은 그와 함께 먼 길을 걸었으며 다 헤아리지 못할 많은 꿈들을 꾸었다. 그러니 기억하고 있다. 더 낡아갈수록 침착하고 단정하며 조심스러웠던 그의 발걸음 소리를. 그렇기에 당신은 비감하고 쓸쓸하며 서운해 한다. 이제 그만 무거운 짐을 내려놓고 편히 쉴 때가 그에게도 다가왔음을.

♠〈한 켤레의 구두(*A Pair of Boots*)〉,
네덜란드 화가 빈센트 반 고흐(Vincent van Gogh, 1853-1890).

59 누구도 아파선 안 돼

마당의 그네가 비어 있다. 들일을 내던지고 아비가 허둥지둥 내달려왔다. 흙투성이가 된 구두처럼 그의 목소리에 근심이 가득하다. 둘째 이사벨의 몸뚱이가 불덩이 같다. 마을의 의사를 모셔오도록 다급하게 큰딸 그레이스를 재촉하고 있다. 딱 그분께서 이마를 짚어 주기만 해도 네 동생은 앞뜰의 꽃떨기보다도 환한 미소를 띠며 일어나게 될 테니 서둘러 달려가렴. 그러나 무릎에 안긴 아이는 몸을 가누지 못한다. 삐걱거리는 문짝에 걸어 둔 모자처럼 아비의 안색은 어둡기만 하다. 하지만 그의 목소리는 이내 차분하며 자애롭고 당황한 기색을 감춘다. 눈을 떠 보거라 이사벨. 오늘밤 푹 자고 나면 씻은 듯 낫게 될 거야. 어서 일어나 수프 몇 술 더 떠보렴. 그래야 씩씩하게 내일 학교에 갈 수 있고 동생들이 즐거워하는 리코더 연주를 들려 줄 수 있지. 누가 너만큼 〈할아버지의 낡은 시계〉를 신나게 불어 줄 수가 있니. 저런 앨버트! 땅바닥에 떨어진 걸 헬렌이 집도록 가만 놔둬서는 안 된다. 동생 케티에겐 남은 음식을 좀 더 덜어 주렴. 그리고 누구든 내 말을 명심해야 한다. 엄마가 없다고 해서 누구도 아프면 안 된다! 더는 아무것도 걱정 마렴, 이사벨은 곧 나을 테니까. 그렇게 우리 삶은 계속된단다. 그건 마당의 그네놀이처럼 이어지는 것이며, 들장미와 쑥부쟁이가 앞 다퉈 피고 지도록 거듭되는 것이란다. 하물며 어떤 일이 있더라도 난 절대 너희 곁을 떠나지 않아! 하지만 아이의 얼굴은 창백하다. 제대로 아비의 말을 알아듣지 못한다. 그러는 사이에도 아이를 움켜쥔 신열은 불구덩이처럼 후끈 달아오르고 있다. 그러나 채근해 달려오고 있을 의사의 발자국소리가 문가에 닿기에는 아직 이르다.

♠〈홀아비(*The Widower*)〉, 영국 화가 새뮤얼 루크 필즈(Samuel Luke Fildes, 1843-1927).

Kijk nu eens, kwaakten de andere Eenden, nu brengen ze ook maar mee wie ze willen, kijk me dat eene jong er eens raar uitzien, dat dulden we niet in ons midden. En dadelijk vloog er een Eend op af en beet het in een vlerk. Laat het met rust, zei de moeder, het doet immers niemand kwaad? Dat nu wel niet zei de bijtende Eend, maar het is zoo ongewoon groot en leelijk en daarom moet het eens flink wat hebben.

60   검정깃털

애당초 검정깃털은 외돌토리였지. 어디에서건 어울리는 그의 짝을 찾기 곤란했어. 하지만 그는 꿋꿋했네. 혼자여도 슬프거나 외롭지 않아, 누누이 그렇게 되뇌었지. 그래도 홀로 뛰어드는 자맥질 놀이는 재미가 없네. 큼지막한 비늘물고기가 걸려들어도 즐겁지 못했지. 어떻게 하면 따스한 사랑을 받을 수 있을까. 물에 비친 제 모습은 죽도록 보기 싫은데, 아무리 바꾸려 해도 볼썽사나운 검정깃털을 버릴 수 없었지. 아냐, 넌 괜찮아. 새카맣건 새하얗건 우린 다르지 않아! 딱 한 번만 그런 말 듣고 싶었지만 누구도 다가와 그러지 않았네. 왜 아무도 거들떠보지 않는 거지. 쪼끔만 관심을 줘도 주르륵 눈물이 날 것 같은데, 이토록 밉상스런 몰골로 홀대받게 만들었을까. 그렇게 자신을 낳아 준 안데르센 아저씨가 한없이 미워지기도 했지. 그러나 아저씨의 생각은 달랐어. 작가로서의 명성만큼이나 그의 펜 끝은 훌륭했지. 누구나 갖은 시련을 견디며 제 삶의 그림을 색칠해 가는 것, 무너져 쓰러질 만큼 고통스런 성장과정이 없는 삶은 속이 텅 빈 껍질뿐인 것. 그러면서 책의 결말에 그가 맞이할 놀라운 미래를 넌지시 암시해 놓았지. 편견과 차별을 이겨내야 그날이 오며, 그때까지 아픔을 어르고 보듬으며 살아가는 거라 했지. 그렇지만 언제 날아오르게 될까. 주변의 멸시는 참기 어렵도록 점점 더 지치게 하는데. 과연 날개를 활짝 펼치는 날이 오기는 오는 걸까. 저물녘 물살을 거슬러 나온 외돌토리 한참을 망설이네. 이대로 멀리 달아나 버릴까, 아니면 마음씨 좋은 제니퍼 할머니 댁을 찾아갈까. 뉘엿뉘엿 해 지는 방죽 길, 뒤뚱뒤뚱 검정깃털 홀로 집으로 돌아가네.

♠1893년 암스테르담에서 출간된 안데르센 동화집 중 〈미운 오리 새끼〉의 본문 삽화, 네덜란드 화가 테오도루스 반 호이테마(Theodorus van Hoytema, 1863-1917).

61 　교실

숨통처럼 이곳은 활짝 열려 있었다. 거리낌 없이 우리들은 가벼운 공기처럼 들락거렸다. 그럼으로써 하나에서 열까지 여기서 모두 깨우칠 수 있었다. 코흘리개 철부지에서 완숙된 하나의 인격체로 성장했다. 이곳에서 우리는 비상을 꿈꾸었고 앞으로 나아갈 길을 스스로에게 물었다. 하지만 각자가 택한 길은 저마다 달랐다. 누군가는 혁명의 대오를 이끌기 위해 가파른 능선을 올라야 했고, 누군가는 성직자가 되어 은둔과 정진의 길로 들어섰으며, 또 다른 누군가는 차갑고 도도한 표정의 독재자가 되어 어느 날 군림하듯 우리 앞에 본색을 드러냈다. 그러나 달라진 저마다의 모습에 누구도 낯설어하거나 전혀 어색해 하지 않았으니. 햇병아리처럼 나란히 앉아 재잘거리던 시절은 그토록 아득하게 지나갔지만, 그때 탁자 위에서 끙끙거리며 읽은 몇 구절의 문장은 아직도 또렷하다. 새는 알에서 깨어나기 위해 투쟁한다. 알은 그를 가두려 하는 커다란 감옥이다. 태어나려는 자는 반드시 그 세계를 파괴해야 한다. 힘껏 주먹을 질러 사방의 단단한 벽을 부수고 허물어야 한다. 그러지 않고서는 드높은 하늘 어디로든 날아갈 수 없다. 스스로 그 뜻을 묻고 헤아리며 삐뚤빼뚤한 글씨를 힘주어 적어 내려가던 소년은 어느새 훌쩍 어른이 되어 더 너른 세상의 교실을 찾아 떠나갔다. 찾고자 한 그것이 오로지 그의 행로며 가로막아서는 안 되는 것이었으니, 누구도 전송하거나 기다려 주거나 영원히 돌아오지 못함을 조금도 애석해 하지 않았음은 물론이다.

♠⟨공부하는 교실의 아이들(*En classe, le travail des petits*)⟩,
프랑스 화가 앙리 쥘 장 제오프루아(Henri Jules Jean Geoffroy, 1853-1924).

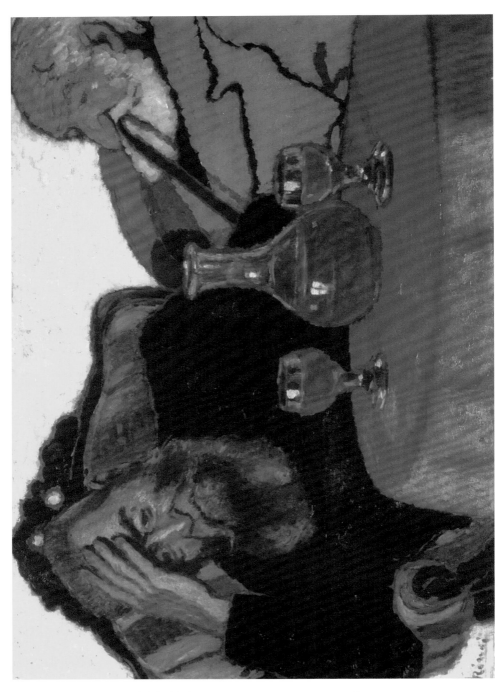

♠〈적포도주를 앞에 둔 내 아버지와 피아젝(*My Father and Piacsek, with Red Wine*)〉,
헝가리 화가 리플 로나이 조제프(Rippl Ronai Jozsef, 1861-1927).

62   숨 멎는 날까지

딸아이의 시선이 곱지 않다. 목소리에는 힐난과 역정이 가득하다. 대체 언제까지 그 스웨터를 걸치실 거예요? 그래서 그의 대답은 조심스럽다. 낡았어도 편해, 그런 게 좋은 옷 아니겠니. 하지만 대답을 듣는 둥 마는 둥 딸아이는 설거지를 마치고서 제 방 문을 닫고 들어가 버린다. 아무리 녀석이 까탈을 부린다 해도 그 옷을 그는 당장 내버릴 마음이 없다. 그렇기에 장롱 속에는 녀석이 선물한 몇 벌의 스웨터며 새 옷가지들이 수북이 쌓여가고 있다. 이따금 탁자 앞에서 아들 녀석이 투덜거린다. 제발 좀 건강을 생각해서라도 그 싸구려 술은 드시지 마세요. 비난도 호통도 아니지만 녀석의 얼굴은 잔뜩 찡그려 있다. 누가 보기라도 하면 아버질 흉보는 게 아니라 절 손가락질한단 말예요. 언제부턴가 지하창고 구석에는 녀석이 쟁여둔 포도주 병이 늘고 있다. 그래서 그의 답변은 궁색하다. 좋은 것일수록 나누어야하는 법, 그건 뒀다가 피아젝 영감과 즐길 참이란다. 어미가 일찍 세상을 뜨는 바람에 녀석을 대고모 댁에 맡겨두고 돌아선 때가 엊그제 같은데, 벌써 장성해 녀석은 가족의 삶을 어깨에 짊어지고 있다. 그는 일어나 가볍게 기지개를 켠다. 탁자 앞을 떠나 실내를 서성거린다. 며칠 뜸했지만 지적의 피아젝 영감이 파이프 연기를 뿜으며 찾아올 듯하다. 그와는 어떤 얘기를 해도 막힘이 없다. 언제든 두 사람의 대화는 피델로 계곡으로 곰 사냥을 떠났던 일에서 시작해서 마을의 젊은 목동 라즐로네 외양간에서 태어난 쌍둥이 망아지 이야기로 끝난다. 간혹 순서가 뒤바뀐다. 자식들 걱정, 철지난 선거 결과, 줄어드는 세제혜택과 졸속 처리된 복지정책, 변하지 않는 야당의 소극적인 태도. 그러나 아무리 순서가 달라져도 술병의 밑바닥이 드러나도록 저들의 이야기는 그칠 줄 모르지만, 언제나 그 시작은 한결같다. "드세! 숨이 멎는 직전의 날까지!" 멋들어진 저들의 건배사가 얼마나 거듭되었을까. 또 언제까지 계속될지 아직은 누구도 짐작하지 못한다.

63   증인

어느 한때 당신의 행적을 불신했다. 똑똑히 두 눈으로 목격하고서도 당신에 관해 아무것도 믿지 못했다. 더구나 나흘 전 당신은 골고다 언덕에서 숨을 거두지 않았던가. 결박된 사지에 기다란 대못이 박히고, 날카로운 로마병정의 창검이 여지없이 당신의 가슴팍을 꿰뚫지 않았던가. 당신은 힘없이 고개를 떨어뜨리며 절명했고, 누구도 거두지 못한 피투성이의 시신은 안타깝게 그대로 내버려졌다. 하지만 놀랍게도 당신께서 돌아왔다. 자신의 생환을 알리는 그 목소리는 침착했으며 여전히 또렷한 결기로 충만했다. 어떤 거룩한 소명이 주어진 때문인가. 거듭된 박해와 핍박에도 불구하고 우리 곁을 떠나지 못하는 이유가 무엇인가. 참으로 그것이 궁금했으며 의아했기에 난 직접 나서야 했다. 그렇지만 어떤 까닭에선가 잠시 머뭇거렸으며 터져 나오려는 울음을 눌러 참아야 했다. 그러나 마침내 굳건한 증인으로서 당신의 벌어진 흉부 속으로 손가락 하나를 밀어 넣었다. 꼬물거리는 징그러운 물체를 어떻게든 제거해야만 하나 잔뜩 경계하듯 주저하며! 그럼에도 당신은 내 행동을 만류하거나 조금도 책망하지 않았다. 인자한 눈빛만큼이나 당신의 살갗은 따스했고, 똑같은 생존자로서의 알맞은 체온을 품고 있었다. 그렇기에 난 서둘러 의구심의 손가락을 거두지 않을 수 없었고, 그로써 엄청난 진실을 간직한 첫 번째 증인이 되었다. 그리하여 모두에게 그 사실을 전파하기 위해 허둥거리며 거리로 나서야 했다.

♠〈도마의 의심(*The Incredulity of Saint Thomas*)〉,
이탈리아 화가 미켈란젤로 메리시 다 카라바조(Michelangelo Merisi da Caravaggio, 1571-1610).

64   딴생각

누군가 그녀의 책을 몰래 훔쳐보고 있다. 소리 나지 않게 겉장을 들추고
는 슬그머니 다음 장을 읽어나가려 한다. 그러는 눈길이 은밀하고 워낙 조
심스러워 그녀는 눈치채지 못한다. 아니, 그녀는 지금 딴생각으로 가득하
다. 오래전 떠나간 사람, 기다려도 돌아오지 않는 누군가를 애타게 떠올리
고 있는 중인지도 모른다. 그렇기에 그대로 방치해 둔 그녀의 책은 고스란
히 실체가 드러난다. 창가 앞쪽 시든 장미떨기와 함께 펼쳐진 책은 하인리
히 클라우렌(Heinrich Clauren)의 연애소설 『미밀리(*Mimili*)』, 뒤편 탁자
의 것은 요한 볼프강 폰 괴테(Johann Wolfgang von Goethe)의 『젊은 베르
테르의 슬픔(*Die Leiden des jungen Werthers*)』. 이제 그녀가 쏟아지는 달빛
아래 하염없이 울고 있는 까닭을 조금 알 것도 같다. 대체 어느 단락의 문
장이 그녀의 넋을 빼앗고 누선을 자극했을까. 이별의 아픔을 촉발하고 안
타까운 격정을 부각시킨 것일까. 말리려 해도 결코 그녀는 눈물을 거둘 것
같지 않다. 사무치게 깊어가는 가을의 어느 밤은 차라리 실컷 울도록 가
만 놔두는 게 옳을지도 모른다. 목 놓아 한참 울고 나면 어느새 알지 못했
던 생의 또 다른 의미를 깨우치게 될지도 모르는 일. 어떤 의문은 자연스
레 시간이 답을 가져다 줄 때까지 참고 기다려야 하며, 아울러 이런 날들
도 붙들 새 없이 후딱 지나가 버리고 만다. 그래서 우연히 여인의 책을 훔
쳐본 달빛은 더 이상 기척을 내지 않으려 애쓴다. 고요히 뺨을 타고 흐르
는 눈물을 닦아 줄 수도 없으며, 바싹 다가가 토닥거려 주고 싶어도 그러
지 못하기에 멀찍이 창가에서 비켜나 한참을 서성거릴 뿐이다.

♠〈센티멘틸(*Die Sentimentale*)〉,
독일 화가 요한 페터 하젠클레버(Johann Peter Hasenclever, 1810-1853).

65   경솔한 눈

당신의 눈은 경솔했다. 화를 자초할 만큼 신중치 못했다. 그것이 곧바로 당신을 곤경으로 몰아갔다. 당신이 지닌 소중한 것들을 한꺼번에 잃게 만들었다. 그래서 당신은 후들거렸다. 거의 옴짝달싹하지 못하는 난처한 지경이 되어 가까스로 다리난간을 붙들고 서 있어야 했다. 그토록 단박에 당신을 결박해 버린 알 수 없는 어떤 힘. 불우하며 초라하게도 당신은 그것의 명령과 통제에 따라야만 했다. 그러니 단 한 걸음조차도 거기서 함부로 뗄 수 없었던 당신. 그것이 헤어나기 어려운 엄청난 마법이라는 것을 결코 당신이 몰랐을 리 없다. 그러나 미처 그런 사실을 자각하기도 전에 어마어마한 불기둥이 당신의 가슴속에서 솟구쳤다. 뜨거운 그것이 모든 것을 불태웠고 닥치는 대로 집어삼켰다. 삽시간에 저 베키오 다리를 삼키고, 아르노 강을 삼키고, 마침내는 피렌체를 가득 뒤덮은 아름다운 하늘마저도 모조리 집어삼켜 버렸다. 그러곤 당신에게 차갑고 단호하게 명령했다. 이제 그만 당신의 모든 것을 내려놓도록! 그것은 한순간 들이닥친 재앙이었다. 어떻게 해도 막거나 따돌릴 수 없는 무지막지한 재난이었다. 단 한 번의 마주침에 불꽃처럼 타오른 재(灰). 그토록 당신의 눈은 경솔했고 혼미했으며 지독하게 어리석었으나, 오오 만일 그렇지 않았더라면 어찌 당신에게서 『신곡(*Divina Commedia*)』이 쓰였으며, 그것이 거듭해서 우리에게 읽힐 수 있었으랴.

♠ 〈단테와 베아트리체(*Dante and Beatrice*)〉,
영국 화가 헨리 홀리데이(Henry Holiday, 1839-1927).

66   등불의 현자

버림으로써 그는 자유로웠다. 무엇에도 얽매이거나 구속받지 않는 홀가분한 영혼이 되었다. 하지만 그리되기까지 과정이 순탄했던 것만은 아니다. 시시각각 그를 옥죄려드는 절대권력을 상대로 숨 막히는 투쟁을 벌여야 했다. 젊은 왕은 다가와 거들먹거리며 입을 열었다. 자신 앞에서는 누구도 무례할 수 없노라고. 그러니 어서 얌전히 당신의 지혜를 자신에게 넘겨주어야 하며, 전적으로 그것이 약자의 신상에 이로우리라고. 도도하리만큼 자신감 넘치는 왕의 발언이 그의 비위를 거슬렀다. 그래서 그는 잠시 마음이 상했지만 찌푸렸던 미간을 풀고 너그럽게 타일렀다. 저리 꺼져, 햇살이나마 내게서 가리지 말고! 예상치 못한 반격에 왕은 놀라 물러섰고, 때문에 한 줌의 햇살은 영원히 그를 상징하는 전유물이 되었다. 밥 먹듯 풍자를 즐기는 호사가들은 말한다. 기백 넘치는 그의 저 한마디가 마케도니아보다도 너른 세상을 평정했노라고. 그러나 그런 것은 절대 중요치 않다. 고스란히 그의 지혜가 왕에게 전수되었다면 무엇이 달라졌을까도 식상한 이야기에 불과하다. 왜냐면 그의 구도는 절대적으로 누구 하나만을 만족시키기 위한 것이 아니었으며, 그리되어서도 안 되는 것이었다. 그로써 그는 대낮에도 등불을 켜들고 아고라 광장을 떠돌 수 있었다. 만나야 하는 누군가를 찾아 자유로이 헤맬 수 있었다. 그리하여 그는 멋대가리 없는 후줄근한 세상에 환한 등불이 되었다. 깜빡거리는 그 불빛은 잠들지 않고 세상을 비출 수 있었다. 만일 내가 그랬다면 어땠을까. 그런 일이 가당키나 했을까. 그런 까닭에 저 등불을 떠올리는 것만으로도 고루한 이 세상이 새삼 살만해지며 너그러워지곤 하는 것이다. (그런데 그는 왜 한낮에도 홀로 등불을 켜들고 광장을 떠돌았을까, 그런 끝에 마침내 누굴 만났는가는 각자의 상상으로 놓아둔다.)

♠〈디오게네스(*Diogenes*)〉, 프랑스 화가 장 레옹 제롬(Jean-Leon Gerome, 1824-1904).

67   겨울

싸늘한 망토자락을 휘날리며 그가 찾아온다. 컹컹거리는 두 마리 늑대와 또각또각 바닥을 울리는 그의 지팡이 소리가 아주 지척이다. 그래서 마당의 사내는 아름드리 장작을 패 헛간에 쌓느라 여념이 없다. 꺼지지 않게끔 불씨를 간수하느라 아궁이 앞의 아낙은 손놀림이 부산하다. 아무런 준비 없이 그를 맞는 일은 무모하다. 어리석게도 때를 놓친 이는 이 고장을 떠나가야 한다. 그가 얼음의 강을 건너서기 전에 서둘러 모든 채비를 마쳐야 한다. 펄럭거리는 그의 망토 속에는 냉기가 가득하다. 무뚝뚝한 주술사처럼 그가 옷자락을 펼치는 순간 대지는 싸늘하게 얼어붙는다. 길고 혹독한 추위를 피해 새들은 얼마든지 따뜻한 고장으로 날아갈 수 있지만, 그러지 못하는 우리들은 문을 굳게 닫아걸고 불가에 둘러앉아 그가 몰아 온 두 마리 늑대가 울부짖는 소리를 들어야 한다. 날카로운 저들의 울음소리와 함께 평원에 폭풍과 폭설이 들이닥친다. 천지는 그가 머무르는 동안 생동과 성장을 멈춘다. 지루하도록 그의 망토에 덮인 북반구의 밤은 길다. 그러나 우리는 인내한다. 갈무리해 둔 곡식을 꺼내 밥을 짓고 뜨거운 술잔을 비운다. 밤늦도록 평원의 늑대들은 서럽게 울부짖는다. 잠 속에서도 매서운 칼바람이 깨부술 것처럼 거푸 문짝을 두드린다. 그렇지만 우리는 햇살이 눈부신 들녘에 서서 이랑마다 생명의 씨앗을 뿌리는 소박한 꿈을 꾸며 깊이 잠든다.

♠⟨12월(*December*)⟩, 독일 화가 한스 토마(Hans Thoma, 1839-1924).

68 혁명가

끊임없이 그의 신념은 의심받았다. 수갑이 채워지고 포승줄에 묶이면서 심각하게 훼손당했다. 개인에게 묵비권 따위 주어지지 않았던 때였다. 그러니 잠시나마 눈이라도 부칠 시간을 얻었겠는가. 자신을 방어할 어떤 수단이 그에게는 있지 않았다. 구타가 이어지고 욕설이 난무했으며 어지러운 각목이 밀실의 허공을 갈랐다. 그것들이 강요된 내용을 진술서에 채워나가도록 요구했다. 하지만 그는 거부했다. 꾹 다문 입술을 열지 않았다. 그래서 뾰족한 바늘이 손톱 밑을 후벼 팠다. 뻘겋게 달구어진 인두가 허벅지를 지졌다. 그럼에도 그는 눈썹 하나 까딱하지 않았다. 핏물이 튀고 살점이 뜯겨나갔지만 부동의 바위처럼 굳건했다. 혁명은 실패했다. 맹서했던 동지들은 뿔뿔이 흩어졌다. 그래도 그가 껴안은 세계는 달라지지 않았고 그를 무릎 꿇리지 못했다. 마침내 기다리고 있던 건 날카로운 칼날뿐. 재판정에서 사형이 언도됐을 때 그의 나이 불과 서른넷. 최후 변론으로 자신의 주검에 삼색기(三色旗)를 덮어달라고 요구했지만 그마저도 공화정은 묵살했다. 철옹성처럼 굳건했던 권력은 칠 년 뒤 허물어졌다. 루이는 수감되었으며 공교롭게도 그가 최후를 맞은 저 광장에서 단두대의 이슬로 사라졌다. 서둘러 혁명위원회가 지하에 누운 그의 복권을 결정했다. 아니, 그렇게 하지 않았다 해도 그는 무덤 속에서도 열렬한 지롱드 당원이었다. 육신이 썩어문드러지고 혼백이 먼지 되어 흩날릴지언정 뒤바뀌지 않을 진실이었다. 찾는 이 하나 없는 그의 무덤가에 이름 모를 들풀들이 지금도 푸르게 자라고 있다. 하지만 그때 우리는 어디 있었는가. 차양막 그늘 아래 숨어 더듬더듬 호외를 읽고 있었는가, 한가로이 바늘코를 꿰며 레이스를 뜨고 있었는가. 그날 우리가 어디서 무엇을 하고 있었는가는 여전히 꺼낼 수 없는 침묵의 말이 되고 말았다.

♠ 〈지롱드 당원(*The Girondists*)〉,
독일 화가 카를 테오도르 폰 필로튀(Karl Theodor von Piloty, 1826-1886).

69   하인의 태만

저들을 우리가 고용했다. 빠듯하며 얄팍한 우리의 주머니에서 저들의 임금이 나가고 있다. 그래서 저들은 충직한 하인처럼 땀 흘려 일한다. 우릴 섬기며 봉사함에 전혀 소홀함이 없이 각자의 소임을 다한다. 그런 저들이 있기에 우린 든든하기만 하다. 올바른 일꾼을 고른 우리의 안목이 대단히 자랑스럽다. 그러니 나날이 평온한 저녁이 찾아오며, 늦은 밤 두 다리를 쭉 뻗고 잠들 수 있고, 이튿날 저마다의 생업에 매달릴 수 있다. 근심걱정 없는 일상이 지속된다면 더는 바람이 없으리라. 그로써 세상이 조금씩 변모하리니 우리의 긍지는 한껏 고취되리라. 그런데 이따금 저들은 딴청을 부린다. 줄줄이 졸거나 회기 내내 일손을 놓고 쓸데없는 과대망상에 젖는다. 우려하는 주인의 시선 따위 전혀 아랑곳하지 않는 저들. 무엇이 저들을 거들먹거리게 하는가. 도통 분수를 모르는 파렴치한으로 만드는가. 넌덜머리나는 어제의 작태가 그랬는데 오늘도 마찬가지며 내일이라고 다르지 않을 저들을 어찌할까. 하지만 우린 자비로우며 용서와 아량을 안다. 저들도 기계가 아니니 지치면 쉬어야 한다. 완벽하지 않은 존재이기에 고의가 아닌 실수를 저지르곤 한다. 그래서 차마 숨겨둔 회초리를 꺼내들기 힘들다. 그것이 주인의 고역이다. 함부로 욕설을 퍼붓거나 기대를 접을 수 없기에 곤혹스럽고, 마냥 게을러지는 하인들을 해고하기에 지치거나 고달파진다. 그렇기는 해도 우리가 주인이 아닌가. 그것을 부인하기 어렵다면 마땅히 주인의 본분과 역할을 망각할 수는 없는 일. 매를 달라면 기꺼이 매를 주리라! 이제야말로 그럴 때며, 그 일을 주저하는 한 우리가 저들의 주인이 아니다. 때늦게나마 우리의 관대가 지나쳤음이 뼈저리다.

♠〈입법부의 불룩한 배(*The Legislative Belly*)〉,
프랑스 화가 오노레 도미에(Honoré Daumier, 1808-1879).

아비가 아들에게 살해되는 건 예사였다. 그럼에도 제 아비를 도륙한 개망나니 아들은 처벌은커녕 더러운 후레자식 소리를 듣지 않았다. 붓을 든 사초는 하나같이 겁쟁이였다. 우린 거의 다수가 아무것도 읽을 줄 모르는 까막눈이었다. 그래서 역사는 겁쟁이를 외면하고 까막눈을 무시할 수 있었다. 삼촌이 어린 조카의 목을 따고, 늙은 시아버지가 며느리에게 참수당하고, 아우가 형수를 조롱하며 겁간할 때도 역사는 조용히 침묵했고 강자를 편들었다. 그렇기에 아무리 눈을 씻고 들여다봐도 인간의 존엄이라곤 어느 페이지에서도 찾아보기 어렵다. 가련한 저 여인은 그렇게 죽어갔다. 권좌를 비호하고 미화한 거짓 역사의 손아귀에 처참하게 희생되었다. 소수의 입회자만이 안타까운 최후와 진실을 목격할 수 있었다. 풀대처럼 가녀린 그녀의 목이 댕강 잘렸을 때, 핏물에 찌든 날선 도끼가 처형장의 담벼락에 기대 얼마나 구슬프게 울었는지 아무도 알지 못한다. 펼칠수록 악취와 피비린내가 진동하는 구역질나는 역사. 한낱 그것은 권력찬탈의 치부책으로 전락하거나 왕위계승 일람표로 훼손된 지 오래다. 그래서 저들이 서로의 가슴에 비수를 꽂으며 지옥의 야차처럼 죽고 죽이느라 혈안이 되어 있을 때, 허물어진 성곽을 재건하기 위해 우리가 얼마나 많은 구슬땀을 흘렸으며, 굴러 떨어지는 돌덩이를 피하느라 얼마나 지독하게 애간장을 졸였는지 아무도 알지 못하는 것이다. 더군다나 망각이란 거대한 괴물이 저들을 편들고 섰거나 억세게 우리의 목을 짓누르고 있는 것이니.

♠〈제인 그레이의 처형(*The Execution of Lady Jane Grey*)〉,
프랑스 화가 폴 들라로슈(Paul Delaroche, 1797-1856).

71   약점

발각되지 않도록 그것은 꼭꼭 숨어 있었다. 찾아내려 할수록 오히려 더 깊숙이 숨어들었다. 모두가 혈안이 되어 나섰지만 번번이 분루를 삼키며 죽어가야 했다. 그만큼 그는 신출귀몰했으며 단번에 빠져나오지 못할 올가미를 걸어 제거하는 일이 승패의 관건이었다. 그럴 때 아무도 기대하지 못했던 일이 벌어졌다. 낙담과 포기로 의기소침하며 거의 망연자실해 있을 때 한 소년이 나섰다. 무엇이 모두의 예측을 빗나가게 했을까. 의아하게도 그는 졌다. 보잘것없는 쪼그만 소년에게 창피하게 무릎을 꺾었다. 일격의 돌팔매에 맥없이 쓰러지는 순간에도 그는 충분히 자신의 패배를 납득하지 못했다. 너무나도 어이없는 사실에 분통이 터졌으나 승부는 냉정했다. 전통적 관습에 따라 승자가 모든 영예를 독차지하는 것. 그래서 참패를 몰랐던 그의 목은 잘려나갔고 흉측한 머리는 성루 높이 내걸렸다. 지루하던 전쟁은 끝났다. 긴 평화가 다시 보드랍게 찾아왔다. 놀란 세상이 흥분해 소리쳐 물었다. 지혜로운 양치기여, 골리앗의 치명적인 약점이 무엇이었는가? 소년 다윗의 대답은 짧고 겸손했다. 아뇨, 그자에겐 그럴만한 것이 없었소. 단지 그것이 그를 방심케 했을 뿐! 찬물을 끼얹듯 그 한 마디가 광장의 함성을 곧 잠재웠다. 이윽고 소년은 답답하게 잠겨 있던 빗장을 풀고 성문을 활짝 열어젖혔다. 그러곤 드넓은 초원을 향해 재잘거리는 자신의 양떼를 몰아나갔다. 그것이 오늘날까지 잊히지 않고 전승되는 예화의 명쾌한 교훈이자 유효한 울림이다. 나직이 기울여 보면 유유히 풀대를 헤치는 어린 양치기의 휘파람소리가 들려온다.

♠〈다윗과 골리앗(*David and Goliath*)〉,
이탈리아 화가 오라치오 젠틸레스키(Orazio Gentileschi, 1563-1639).

72 책상 앞에서

깨어나지 말고 잠들어 있으라! 괴물이 다가와 그렇게 소리쳤다. 그는 놀라 일어나려고 애썼지만 그때 다시 괴물이 외쳤다. 이제 넌 끝났다, 더는 한 줄도 쓰지 못하리라! 책상 위의 악몽은 늘 그렇다. 깨어나 되짚어 보면 꿈의 내용이 거의 한결같다. 그는 식은땀을 훔친다. 시력을 되찾으려고 눈꺼풀을 끔뻑거린다. 습관처럼 그의 콧잔등이 심하게 일그러진다. 깜빡 엎드렸던 것 같은데 압박에 눌린 자국이 뺨에 선명하다. 당신 글은 아무짝에도 쓸모가 없다. 어느 누가 졸렬하고 유치한 그 문장에 속을 것이며, 그건 앞으로도 달라지지 않을 것이다! 거듭 해석해 봐도 꿈의 대의는 그렇다. 어리석게도 번번이 책상 앞에서 같은 꿈에 시달린다. 그는 졸음이 몰려오기 전 쓰다만 원고를 다시 읽어보려고 시도하지만, 원고지 칸칸마다 인상을 찡그린 괴물들이 버티고 앉아 있다. 그는 지쳐 있다고 스스로를 진단한다. 그래서 밖으로 나가 세수를 한다. 찬물을 얼굴에 끼얹다가 그때 문득 누군가의 잠언을 상기한다. "이성이 잠들면 괴물이 깨어난다(El sueno de la razon produce monstruos)!" 언젠가 그 구절이 달아나지 못하도록 단단히 새겨둔 적이 있다. 하지만 악몽은 달라지지 않고 빈번하게 거듭된다. 그럴수록 그는 자신이 무쇠처럼 단련되고 있다고 위로한다. 서둘러 돌아와 그는 펜 자루를 집어 든다. 그러곤 쓰다만 원고를 물끄러미 들여다본다. 어느새 칸칸을 차지하고 있던 추악한 괴물들은 사라지고 없다. 누가 더는 한 줄도 쓰지 못하리라고 단언하는가. 그는 주저 없이 펜 끝을 잉크에 담가 적신다. 알맞게 잉크방울을 털어내고는 책상을 향해 깊숙이 상체를 숙인다. 그러나 조급할 건 없다. 그는 깨어 있다. 이제부터 차곡차곡 빈 칸을 메워나가려 한다. 이성이 지배하는 세계의 차분한 질서에 관해.

♠〈이성의 잠이 괴물을 낳는다(The Sleep of Reason Produces Monsters)〉, 스페인 화가 프란시스코 데 고야(Francisco de Goya, 1746-1828).

El sueño de la razon produce monstruos

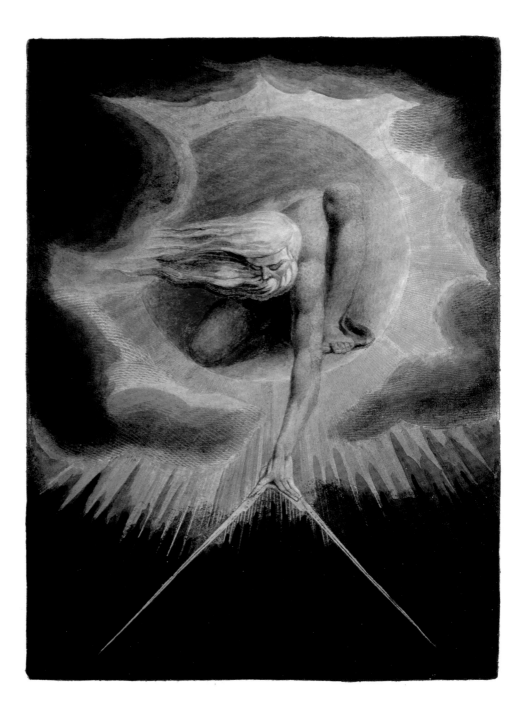

73 우주적 손

이따금 어떤 손 하나를 떠올리곤 한다. 간간이 그 손이 내 어깨를 짚어오기 때문이다. 맘껏 뻗는다면 어느 별에든 가 닿을 만큼 그 손은 길으리라 짐작한다. 활짝 펼치노라면 그 손바닥 하나가 은하계 전체를 다 덮을 정도로 널찍하거니와 태양 정도 크기의 별쯤은 쉽게 구겨버릴 만큼 위력적인 힘을 지녔으리라 믿고 있다. 그런 우주적 손이 간간이 내 어깨를 짚어온다. 그런데도 내게 바라거나 실질적으로 요구하는 것은 없으며, 아직 그 손의 주인을 직접 대면한 적도 없다. 대체 그 손은 어디서 오는가, 당신은 꼬치꼬치 물어 오리라. 그 손이 무얼 의미하지? 왜 내겐 보이지 않으며 그나마 단 한 번도 와 주지 않지? 언젠가 대단한 그 손도 한줌 먼지가 되어 허공으로 돌아가는가? 하며 궁금해 하리라. 아쉽게도 당신에게 들려줄 수 있는 구체적인 정황이나 결정적인 단서는 부족하다. 난 단지 그 손에 관해 전해 들었을 뿐이며 그걸 일러 준 이가 누구인가도 지금은 까마득히 잊고 말았다. 하지만 여전히 그 손은 내 어깨를 짚어오곤 한다. 그 행위가 자비를 뜻하는지 평화를 상징하는지 아니면 저 먼 우주의 절대적 무(無), 혹은 침묵을 가리키는지 난 전혀 알지 못한다. 그것이 무엇을 도모하고 계측하며 시험하려는지 더더욱 예측 불가하다. 그렇지만 그 손은 하나의 신호처럼 이따금씩 내 어깨를 짚어 주고는 아무 말 없이 돌아간다. 언젠가는 탁자 앞에 우두커니 앉았다가 그 신호를 해독해 보려 애썼지만 끝내 풀지 못했다. 내게 그 손의 존재는 그런 것인데, 당신은 그 손에 관해 어찌 생각하는가.

♠〈옛날부터 계신 이(*The Ancient of Days*)〉,
영국 화가 윌리엄 블레이크(William Blake, 1757–1827).

안도와 기쁨보다는 짙은 우려와 걱정이 앞선다. 다루고자 했던 몇몇 그림들을 빼먹은 때문이며, 스스로의 검열이 부실하고 태만했거나 그다지 엄격하지 못한 탓이다. 조악하며 치기어린 글들이 얼마나 이 책의 그림 감상을 방해했으랴. 그것들이 제대로 된 읽기를 해쳤다면 전적으로 그 책임은 필자 몫이며, 그래서 관대한 용서와 아량을 구할 따름이다. 멀리서 그림들을 찾아 보내준 이여, 당신이 아니었더라면 이 책은 없었으리라. 거듭 질타와 조언을 아끼지 않은 J, S, K, 당신들의 뜨거운 격려가 있어 이 책이 마무리될 수 있었다. 앞서 떠나간 그리운 벗들아, 무엇이 총총 그리도 급했는가. 당신들이 사라진 뒤 비로소 홀로 즐기는 술맛을 알게 되었으니 더 이상 괴롭거나 외롭거나 애석하지 않다. 그로써 확언하건대, 홀로 탁자에 엎드려 이 책의 그림들을 거듭 들추어보는 한, 그것에 싫증나지 않는 한, 당신들과 다시 만날 날은 조금 더 유예되리라. 뚜벅뚜벅 걸어가는 시간아, 앞장서렴. 이제야말로 저 밤의 숲가에서 잃어버린 한 줄의 문장을 찾아 나설 때. 마지막 남겨진 일이라곤 단지 그것뿐이어도 실로 벅차다.

지은이 이학성은 경기 안양에서 태어났고 고려대학교 국문학과를 마쳤다.
1990년 『세계의 문학』으로 등단했고, 시집으로 『여우를 살리기 위해』
『고요를 잃을 수 없어』, 산문집 『시인의 그림』을 냈다.

밤의 노래

초판 1쇄 발행 2019년 1월 28일

지은이 이학성
펴낸이 조기조
펴낸곳 도서출판 b
등록 2003년 2월 24일 제2006-000054호
주소 08772 서울특별시 관악구 난곡로 288 남진빌딩 302호
전화 02-6293-7070(대)
팩시밀리 02-6293-8080
홈페이지 b-book.co.kr
전자우편 bbooks@naver.com

값 15,000원
ISBN 979-11-87036-89-0 03810